—— 날마다,
북디자인

날마다,—— 북디자인

한자리에서 10년 동안
북디자이너로 일하는 법

—— 김경민

싱긋

일러두기

1. A, B, C 등은 각 글에서의 순서를 뜻하는 것으로 이니셜과는 무관합니다.

2. 글 끝에 덧붙이는 글은 —로 표시했습니다.

3. 출판 업계에서는 업무와 관련된 용어로 일본어가 관행적으로 쓰이는데, 실제 일본어의 뜻과도 멀어진 채 오랜 시간 통용되고 있습니다. 이에 순화어 내지는 대체어를 사용하자는 주장도 나오고 있지만 아직 정착되지 않은 점이 있어, 표현의 정확성을 위해 일부는 통상적으로 사용하는 용어를 썼습니다. 대신 해당 단어가 나올 때는 '→' 뒤에 순화어를 제시했습니다. 이는 『열린책들 편집 매뉴얼 2022』를 기준으로 하되, 저자가 일부 추가한 용어도 있음을 미리 알립니다(45쪽 참고).

북디자이너라고요?
그럼 드럼을 만드시나요?

여기는 소개팅 자리. 마주앉은 남녀가 이야기를 나누고
통속적인 정보 교환이 이뤄진다.

남: 저는 S전자 다닙니다.

여: 네, 저는 북디자이너예요.

남: 네? 북디자이너라고요? 그럼 드럼을 만드시나요?

（둥둥, 손으로 드럼 치는 시늉을 한다.）

여: 아니요. 북이 아니라 book이요. 책이요.

남: 아~ 책이요. 책도 디자이너가 있군요.

위의 대화는 디자인을 처음 시작할 때쯤 같이 일했
던 선배의 실화다. 북book과 디자이너designer라는 영어가
결합됐는데도 책을 연상하기보단 드럼을 먼저 연상한.

심지어 유명 이미지 사이트에서 '북디자이너'를 검색했을 때 나오는 화면도 이렇다.

이 세상에 널리고 널린 것이 책인데 이런 데까지 사람 손이 닿았을까를 생각하지 못하는 것이다. 그만큼 책은 우리 주변에 너무 흔해서 그것이 어떻게 나한테까지 왔을지는 잘 생각하지 않는 상품이다.

출판계 종사자들이 맨날 하는 말이 있다. '단군 이래 최대 불황'. 이 말은 처음 일을 시작했을 때인 스물몇 살 무렵에도 들었고 지금까지 듣고 있다. 하지만 책은 그때도 지금도 만들어지고 있다. 그런데 지금 책을 만드는 사람들의 상황은 어떤가. 우리 사회는 그들의 이야기를 듣고 있는가? 최근에는 그나마 편집자들의 소소한 고백이 한 권씩 만들어지고 있지만 북디자이너들의 이야기는 어떤가? 가끔씩 접하게 된다고 해도 그들의 이야기가 어쩐지 현학적으로 들리지는 않는가? 지금 바로 내 옆에 있는 디자이너의 이야기라기보단 어느 월간지 인터뷰집에나 있을 법하지 않은가? 나도 디자이너지만 그들은 쉽게 닿을 수 없는 그 어딘가에 있는 것 같다. 하지만 디자이너도 출판사를 구성하는 한 일원임을 말하고 싶다. 말하는 사람이 없으니, 나라도(!) 말하고 싶다. 사실은 디자이너인 것도 좋지만 출판사의 한 일원임을 자랑스럽게 생각하는 사람도 있다고.

이 이야기는 한 출판사에서 1, 2년도 근속하기 어려운 현실에서 10년을 한자리에서 책을 자르고 붙이고 만들면서 겪은 이야기들이다. 지금 이 순간에도 자신의 자리에서 열심히 디자인하고 있을 동료들과 이 이야기를 나누고 싶다. 나도 사실은…… 하고.

차례

2장_사수 없이도 책 만들기에 통달하는 법

3장_ 출판사에서는 신간만 만드는 게 아니다

,

1장

출판사 취업 뽀개기부터
고인물이 되기까지

> **라떼는
> 퀵이라는 프로그램을 썼는데**

책을 만들 때 어떤 과정을 거치게 될까. 편집 과정은 차치하고서라도 그 물성을 만드는 과정은 대개 이렇다. 무언가(내용)를 책의 형태로 정리(편집)하여 복사(인쇄)하고 꿰맨다(제본→제책製冊).

그 과정에 필사가 있었고 목판인쇄를 거쳐 지금의 오프셋인쇄*까지 왔다. 그런데 그 오프셋인쇄로 가기 위해서는 편집 프로그램을 거쳐야 하는데 현재는 '인디자인InDesign'이라는 어도비Adobe의 편집 프로그램을 가

---

* Offset Printing, 기름과 물이 서로 섞이지 않는다는 점을 이용한 석판인쇄 방식을 응용한 인쇄 방식. 'offset'이라는 말은 인쇄판이 직접 종이에 닿지 않기 때문에 붙은 이름이다. 인쇄판과 고무롤러를 사용해서 종이에 인쇄하는 인쇄법으로 금속 인쇄판에 칠해진 잉크가 고무롤러를 통해서 종이에 묻게 하는 방식을 사용한다.

장 많이 쓴다. 포토샵photoshop과 형제 같은 프로그램이라고 생각하면 이해하기 쉬울 것이다. 그런데 인디자인이 등장한 때는 약 2000년경이다. 2000년이라고 해도 주류 프로그램은 아니었고 당시 이미 매킨토시*에서는 쿽익스프레스 3.3QuarkXPress 3.3(이하 쿽 3.3)을, IBM에서는 페이지메이커pagemaker(추후 인디자인 2.0부터 하나의 프로그램으로 편입된다)라는 프로그램을 쓰고 있었다. 그러나 페이지메이커보다는 쿽 3.3이 이 세계의 제왕이었다.

내가 졸업한 출판디자인학과에서도 쿽 3.3을 썼다. 쿽 3.3은 전설의 프로그램인데 아이러니하게도 정품 프로그램을 써야 한다는 인식이 콘텐츠를 다루는 출판계에서도 아직 정착되지 않았었다. 출판사, 인쇄소, 거래처 모두가 불법으로 다운로드받아 썼고, 그래서 당연히 업데이트도 되지 않았다(비용이 든다는 이유에서였는데 저작권과 콘텐츠를 다루는 업체들도 이런 인식이 부족했던 시기였다). 이 전설의 프로그램은 오랜 시간 제왕의 자리를 지키다 2010년을 전후로 인디자인에 제왕의 자리를 넘

---

* 당시의 시장 상황은 매킨토시(일명 Mac)와 IBM 두 가지로 나뉘었는데, 현재 핸드폰의 iOS와 안드로이드 정도의 시장 상황과 비슷했다.

전설의 프로그램 쿽익스프레스. 프로그램 특유의 아름다움과 기존 데이터 보존이라는 역할 때문인지 낮은 버전이 아직도 사용되고 있긴 하다.

겨주게 된다.

그래서 2000년대 전후에 출간된 책은 쿽 3.3으로 만든 파일이 많다. 지금은 쿽을 잘 쓰지 않으니 컴퓨터와 함께 폐기된 경우가 많은데다, 중쇄를 자주 찍지 않는 책이라면 인디자인 파일로 변환되지 않은 채 보관돼 있었을 것이다. 그런데 쿽은 구형 맥에서만 사용할 수 있는 프로그램이고, 이미 IBM용 인디자인으로 전환된 시장 상황에서 기존의 파일들을 가지고 중쇄重刷를 찍는 등의 추가 작업을 하기에는 다룰 수 있는 사람도 기계도 많

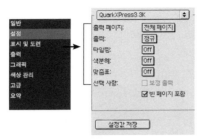

인디자인의 프린터 설정창(왼)은 기존의 퀵 설정창(오)을 바탕으로 기능을 최대한 한눈에 볼 수 있도록 레이아웃을 만들었다.

이 사라진 상태다. 불과 이것이 10년, 20년 만에 일어난 변화이지만 그렇다.*

이 프로그램의 특징은 굉장히 섬세한 한편, 그래서 매우 귀찮다는 것이다. 섬세함 덕분에 책으로 완성했을 때 특유의 아름다움이 있다. 개인적인 판단이지만 장점

* 1985년 앨더스 코퍼레이션(Aldus Corporation)이 페이지메이커라는 프로그램을 만들며 탁상출판(DTP)이라는 용어를 세상에 내놓은 이후, 1987년 페이지 레이아웃 시장에 뛰어들었다. 약 10년 후 퀵 3.3이 나오고 2000년대에 들어서기 전까지 시장의 약 90% 정도를 차지할 정도로 메인 프로그램이 되었지만, 어도비에서 포토샵, 일러스트레이터와의 연계를 내세운 소프트웨어를 개발하고, 기존에 흡수·병합했던 페이지메이커와 통합해 인디자인이라는 프로그램을 새롭게 내놓으면서 시장은 재조정되기 시작한다.

은 사실상 이것 한 가지라고 해도 무방하다. 이를 알아보는 이도 많지 않다. 인디자인처럼 자동으로 처리해주는 기능이 많지 않고, 있다 하더라도 검색이 자유롭지 않다. 아름답지만 폐쇄적이고 오류도 많아 자주 꺼진다. 그래서일까. 21세기에 들어서는 정품을 써야 함에도(앞서 말했듯 고정 비용 지출이 생긴다) 인디자인이 주요 편집 프로그램으로 자리잡았다. 하지만 쿽도 써보고 인디자인도 써본 나로서는 쿽을 써본 경험이 인디자인을 사용하는 데 많은 도움이 되었다. 인디자인의 많은 기능이 쿽에서 발전돼온 것이기 때문이다. 비록 귀찮았으나 아름다웠고 오류도 많았지만 그만큼 실수를 해볼 수 있었던 경험이 있었기에 지금은 비로소 편하게(?) 일할 수 있다.

"라떼는 쿽익스프레스 3.3이라는 프로그램을 썼는데, 폰트박스*라는 게 있어서 컴퓨터 파일을 열 때마다

---

* Font box, 이 시기의 폰트들은 포스트스크립트 타입(PostScript Type) 형식으로 화면용, 출력용 폰트가 따로 있었다. 화면용은 주로 무료로 배포되어 많은 디자이너와 업체가 사용했지만 실제 출력에는 적합하지 않아 직접 출력실에서 확인해야만 했다(출력실은 출력용 폰트를 가지고 있었으

다르게 보인데다가 무려 검판용 PDF*를 받을 수도 없어
서 직접 출력실에 가서 검판을 봤는데도 인쇄판이 다르
게 나왔는데 말이야⋯⋯."

므로, 이를 '폰트박스를 갖고 있다'고 표현한다). 이 타입의 폰트는 하나의
폰트가 비트맵 폰트(사각형 점들로 형태를 표시한다)와 외곽선으로 이루
어져 있어 화면으로 볼 때는 다소 거칠게 보였다. 실제와 화면이 달라 여
러 문제가 있었으므로 추후 이것들을 보완한 트루타입 폰트(TrueType,
ttf)가 나왔으며, 포스트스크립트 폰트와 트루타입 폰트의 장점을 살려 통
합한 포맷인 오픈타입(OpenType, otf)이 나오기에 이른다. 사용하기에
다소 불편함이 있었던 포스트스크립트 타입은 그럼에도 1980년대 탁상출
판에 혁명을 일으켰다는 표현이 나올 정도로 DTP가 자리잡는 데 큰 공을
세웠다.

* Portable Document Format의 약자로, 어도비가 1992년에 제정한 도큐
먼트 파일 포맷. ISO 32000으로 국제표준화(ISO)되었다. 종이 문서를 대
체하기 위한 표준화 포맷이라 할 수 있다. 오피스 툴을 비롯한 여러 프로
그램에서 출력 파일로 지원하고 있다.

디자인은
'애플'로 배웠어요

나는 디자인과를 나왔지만 디자인엔 젬병이었다. 재기 발랄한 아이디어도 없었고, 그 적디적은 아이디어를 끌어올리는 방법도 몰랐다. 디자인 관련 책을 봐도 이것은 영어요, 저것은 한글이니 같은 느낌이었다. 디자인을 배우면서도 이렇게까지 모르고 살 수는 없다고 생각한 나는 없던 돈을 탈탈 털어 노트북을 샀다. 노트북을 끼고 열심히 작업하다보면 뭐라도 되지 않을까 하는 마음에서였다고 하지만 사실은 예쁘고 비싼 아이북iBook G4를 갖고 싶던 것이었는지도 모르겠다. 그때는 오색 빛깔 아이북 G3를 지나 하얗고 영롱한 애플 특유의 디자인을 막 선보이기 시작하던 때였다. 하지만 모든 일이 그렇듯이 막상 시작하려고 하면 하기 싫은 법. 자리에 앉아 아이북을 꺼내놓고도 뭘 해야 할지 모를 때, 눈에 들어온 물

아이북 G3(왼)와 G4(오). G4로 넘어가면서 애플 특유의 흰색 제품이 나오기 시작했다.

건이 있었으니 학생용 구입자들에게만 서비스로 주었던 (아이북에 딸려 온) 엠피스리—아이팟 셔플 1세대(무려 용량 512MB)—였다.

노트북을 구입했으나 정품 프로그램이 희귀하고 비싸던 시절(그 시절에는 당연히 프로그램 구독도, 학생 할인 구독[학생구독과 기업체구독의 요금은 차이가 크다]도 없었으니 학생이라도 정품을 그대로 사야 했는데 중고로 구입해도 프로그램당 약 5~60만 원은 족히 되었다. 그럼 기본 프로그램인 포토샵, 퀵, 일러스트 3개만 사도 150만 원이 넘는다. 20여 년이 지난 지금도 부담되는 가격이다). 아무리 불법 다운로드가 판을 쳐도 프로그램을 쉽게 구할 수는 없었다. 나는 컴퓨터에 내장된 프로그램을 하나씩 눌러봤다.

지금의 애플뮤직, 아이튠즈iTunes를 켜고 어떻게 쓰는지 눌러보다 아이팟 셔플에 음악을 넣을 수 있다는 것을 알게 됐다. 당장 집에 있는 시디들을 가져와 음원으로 옮기기 시작했다. 그러나 문제는 여기서 또 발생. 예전 시디들은 다른 기기로 옮길 일 없이 재생기로 바로 들었으므로 시디 안에 그 어떤 정보도 없는 경우가 많았다. 그냥 Track 1, 2, 3. 아티스트명도 없고 앨범 사진도 없다. 그래서 하나하나 입력해야 하는데 띄어쓰기만 잘못해도 정렬에서 밀린다. 예를 들어 김경민이라는 가수가 있다면 '김 경민'과 '김경민'은 분명 같은 가수인데 같은 가수로 정렬되지 않는다(이는 영어나 다른 언어도 동일하다). 그렇게 집에 있는 시디를 리더기에 넣었다 뺐다 기록하기를 반복하면서 엠피스리를 정리했다(정확히는 mp4. 애플은 mp4 확장자를 쓴다). 하라는 공부를 한 것은 아니지만 몇 날 며칠을 정리하다보니 느닷없이 느낀 게 있었다.

디자인이라는 것은 아이디어만 가지고 되지 않는다. 끊임없이 정리하고 또 정렬하고…… 공통된 값을 입력해야 하는 이 막일과도 같은 기본 작업을 잘 닦아야 하는 것이다. 이런 생각에 다다르고 나니 디자인에 대한 생각이 조금은 달라졌다. 팡팡 터지는 아이디어도 중요하지

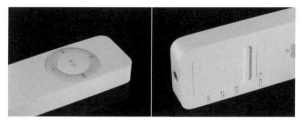

액정 화면도 없고 시디 2~3장 들어가면 끝인 이 엠피스리에서 디자인을 배웠다.

만 그에 따르는 성실함과 꼼꼼함, 그것이 디자인에, 특히 책이라는 몇만 개의 문자를 만지는 작업에 필요한 것이 아닐까.

비록 아이북으로 멋진 작업물을 만들지는 못했지만, 나는 자신 있게 말할 수 있다.

"디자인은 '애플'로, '아이튠즈'로 배웠어요!"

면접으로 그 회사를 알 수 있다.
다는 아니어도 조금은

이미 취업한 상태에서도 심심하면(?) 면접을 보러 다닌 적이 있었다. 그렇게 면접을 본 이유는 그런 기회가 아니라면 지인이 있지 않은 한 그 회사에 들어가볼 수 없었고, 면접을 통해 현재 나의 위치와 업계의 분위기를 읽을 수 있다는 장점이 있기 때문이었다. 그리고 면접도 실전이다. 보면 볼수록 실력이 는다.

좁다면 좁은 출판계여서 소리소문도 많이 난다지만 면접만큼 그 회사를 가까이에서 보는 일도 드물다. 그 시절의 나는 어떤 기회에서든 면접을 보는 게 이득이라는 생각을 했었던 것 같다(실제로도 그랬다).

면접의 기회가 가장 많은 시기는 2~3년 차이다. 2~3년 차는 신입보다는 경험치가 있으면서도 성장 가능성이 있고, 회사 입장에서 부담되지 않는 연봉이다.

그런 이유에선지 그 시절 내 포트폴리오의 내실(?)을 생각해보면 면접의 기회 자체는 비교적 많았다.

예전에는 대부분 1차 서류 전형, 2차 면접 전형으로 결정됐다면, 요즘은 2차 실무자 면접, 3차 임원진 면접으로 세분된 사례가 많아진 듯하다. 시장이 많이 얼어 있는 상황에서 출판사들이 구인에 신중에 신중을 더하는 이유도 있을 것이다.

구직자에게 잔뜩 꾸민 모습을 보여주거나 센 척하는 출판사를 많이 봤다. 신입 또는 약간의 경력이 있는 구직자라면 어디에든 일단 입사해야 한다는 마음이 있을 것이다. 하지만 면접 때 느낌이 이상한 곳은 꼭 다시 한번만 생각해보라고 말하고 싶다. 회사라는 곳에 좋은 일만 있을 수는 없겠지만 그렇다고 부당함을 온몸으로 맞아내고 다니다간 골병들고 약값만 치르고 나올 수도 있다. 그런 사태를 예방하기 위해 면접 때 회사를 잘 관찰해야 하는데 아래의 사례를 참고하면 좋을 것 같다.

사례 1) 문의 전화를 하면 자꾸 다른 사람이 받는다
처음 취업을 준비할 때는 다행히 북에디터 사이트(출판인 중 누군가가 만들었다는 전설의 사이트. 누가 만들었는지 지금도 알려지지 않았으며 모든 게시판이 사실상 멈췄지만 아직도 구인구직란만큼은 활발히 운영중인 출판계의 유일무이한 사이트이다)도 핸드폰, 이메일, 홈페이지도 있는 시절이었다. 하지만 스마트폰은 없었고 당연히 지도 앱도 없었다. 면접이 잡히면 주소와 함께 알려준 경로로 길을 찾아가야 하는데 길눈이 어두운 나로서는 그게 쉽지 않았다. 지각을 우려한 나는 한 시간 먼저 약속 장소 근처의 역에 도착했다. 아무리 길을 찾아도 목적지가 나오지 않자 출판사로 전화를 걸었다.

아주 건조한 목소리를 가진 직원의 안내가 이어졌다. 아무래도 모르겠다. 다시 전화를 걸었다. 이번엔 다른 사람이 받았다. 이 사람은 다른 역에서 내렸다고 또 다른 역에서 내리란다. 거기 가서 다시 전화를 하래서 전화했더니 또다른 사람이 받았다. 그 사람은 이번엔 진짜 잘못 내렸다고 또 딴소리를 했다. 그렇게 겨우겨우 길을 찾아갔더니, 이미 약속 시간보다 30분이나 지나 있었다. 이런 사태를 우려해서 일찍 나왔던 나는 진땀이 나는 동시에 억울한 기분이 들었다. 왜 그리 전화를 돌려 받고 불친절한 것인가. 어렵사리 찾은 입구로 들어선 순간, 이미 아웃된 것 같은 분위기를 충분히 감지할 수 있었다. 그리고 사장님의 염려어린 조언도 들을 수 있었다. 비록 "요즘 젊은 사람들은 말이야~"라는 말과 함께 시작됐지만 말이다.

사례 2) 테스트라면서 시안을 요청한다

면접을 여러 단계에 걸쳐 볼 수는 있다. 고용하는 입장에서도 고용되는 입장에서도 서로 확인이 필요하니까. 그런데 이미 포트폴리오가 있는 경력자에게 테스트라면서 자꾸만 시안을 요청하는 경우가 있다. 그런데 그 테스트가 과연 테스트일까 싶을 정도로 양이 많다. 이 정도면 본문 한 꼭지가 완성돼 조판 단계로 넘어갈 수 있거나 조금의 수정만 가하면 인쇄용 표지 파일로도 쓸 수 있다. 그리고 연락 두절. 뚜뚜뚜. 애초에 이런 요구를 정도 이상으로 한다면 어느 정도 선에서 끊어주는 게 필요하다. 설령 이런 회사에 운좋게(?) 입사한다 해도 월급 받기 힘든 경우도 많이 봤다.

사례 3) 계약서에는 9시 출근이라고 돼 있는데 자꾸만 일찍 오라고 한다

이는 하나의 시그널이다. 자꾸만 계약서와 다른 요구를

하는데 하나를 받아들이면 요구 사항이 자꾸 늘어난다. 야근은 하지 말되 일은 정해진 일정 내에, 식대는 청구하지 말되 야근은 할 것 등등. 계약서에 적혀 있지 않은 것은 요구해서도 안 되고 들어줄 이유도 없다.

그럼에도 불구하고 면접 때 보는 것이 그 회사의 전부는 아니다. 들어가면 또 다르다. 좋은 쪽일 수도 나쁜 쪽일 수도 있다. 하지만 어느 쪽이든 판단이 섰고 정리가 필요하다면 빨리 통보하는 게 서로에게 좋다.

신입에게
잘하는 분야를 묻는다면?

'잘하는 분야가 뭐예요?' 면접 자리에 가면 항상 듣는 질문이다. 그리고 면접관 입장에서도 항상 할 수밖에 없는 질문이기도 하다. 그런데 이 질문에 자신 있게 대답할 수 있는 신입 북디자이너, 또는 신입 직원이 한국에 도대체 몇 명이나 있을까.

일단 잘하는 분야를 알려면 거의 모든 분야의 책을 한 번씩은 작업해봐야 한다. 그러려면 대형 출판사는 아니어도 최소 종합 출판을 하는 곳에서 일해봐야 하는데 신입에게 그런 기회는 쉽게 찾아오지 않는다. 먼저 주어진 취업 시장을 뚫어야 하고 이미 뚫어버린 시장에서 눈에 띄는 성과를 내든지 아니면 최소한 실수하지 않고 시장에 유통될 수 있는 어떤 작업물들을 내놓아야 하는데 쉽지 않다. 이 말은 곧, 내가 좋아하고 자주 읽는 분야의 책을 만들 수 있는 환경에서 일할 수도 있지만 그러지 못할 수도 있다는 뜻이다. 내가 자주 읽는 책은 인문 분야이지만 취업한 곳은 문제집 출판사일 수도 있고, 문학책을 자주 읽지만 역사책을 디자인하게 될 수도 있는 것이다. 신입에게 표지와 본문*을 모두 맡을 기회를 주는 회사 또한 많지 않다. 회사 입장에서는 반짝반짝한 신입이 아니라 어딘가 어설퍼 보이는 신입으로 보일 수도 있기 때문이다.

한 가지 방법이 더 있다. 출판사가 아닌 디자인 외주 업체에 취업하는 것이다. 그러나 지금 대세는 내부의 인원을 최대한 이용하고 그 외의 것들을 외주로 맡기는 시스템이다. 외주 회사보다는 외주 디자이너가 강세고, 외주 회사는 상황에 따라 운영을 지속하기 어려운 부분이 있다. 그런 외주 회사에서 신입을 뽑을 리 만무하다.

그럼에도 출판사 입사를 준비하고 있다면 나만의 포트폴리오를 만들어보는 것이 좋다. 기존에 유통돼 있는

---

* 문서에서 주가 되는 글을 뜻하나, 여기서는 문서를 데이터로 처리해 인간이 이해할 수 있는 2차원의 형태로 출력돼 매체상에 표현되는 정보. 종이 위에 인쇄되거나 화면상에 표시되는 정보를 말한다. 책 속에 있어 '내지(內紙)'라고도 한다.

자료를 자신의 방식으로 재해석하는 것이다. 이 일은 경력직의 포트폴리오에는 크게 도움이 되지 않지만 경력이 없는 신입에게는 자신을 어필할 기회가 된다. 신입을 뽑으려는 회사에서는 기존의 간행물과 비교해보며 신입 디자이너의 실력을 판단하는 하나의 기준이 될 수 있는 것이다. 가능하다면 면접을 준비하는 회사의 작업물을 자신의 방식대로 해석해 준비해놓는 것도 좋은 방법일 것이다. 단, 기존의 작업보다 뛰어날수록 좋고 실제로 면접자가 그 디자인에 참여한 사람일 수도 있으니 면접 중 발언은 소신을 가지되, 정돈된 언어로 표현하는 게 좋다.

신입에게 한 가지 더 추천하고 싶은 건, 자신만의 데이터 노트를 가지라는 것이다. 처음 취업하고 작업을 시작할 때 도대체 어디서부터 시작해야 하는지, 어떤 것을 아는지 모르는지조차 몰라서 답답할 때가 있었다. 그런 것은 책에 나오지 않기도 하거니와 북디자인 매뉴얼이라는 것이 따로 존재할 리 없었던 시기라 더 그랬다. 그래도 다행히 인터넷 서점과 대형 서점은 있을 때라 시간이 날 때마다 책의 모양과 특성에 대해 기록했다. 서점에 갈 수 없거나 따로 시간을 내기 어려울 때는 내 책상과 집에 있는 책들을 기록했다. 신간이 아니어도 유의미할까 싶을 수도 있겠지만 생각보다 의미 있다. 책도 어쩔 수 없이 유행을 타는 것이라 흐름도 있고 그것이 반영되기도 한다. 같은 책이라도 1판 다르고 2판 다르다. 그런 오래된 것과 요즘 것의 기록을 한 권씩 쌓아가다보면 어디서부터 일을 시작해야 하는지 머릿속으로 데이터가 옮겨지기 시작한다.

'아, 이 책은 이 분야이니까 이런 책을 참고해보면 어떨까' '이 책은 요즘 유행하는 서체보다는 예전에 많이 쓰던 서체를 차용해보면 어떨까'와 같은 것들 말이다.

*

어렸을 때 나는 유달리 책을 안 읽는 어린이였다. 책은커녕 하루 종일 동네를 뛰어다니는 마냥 밝기만 한 아이였다. 그런 내가 책을 읽게 된 계기가 있는데, 그건 운명 같게도 북디자인 때문이었다. 초등학생일 때의 어느 날 엄마가 내게 책 한 권을 선물했다. 이 책은 1992년 당시 흔치 않았던 탈네모꼴*에다 어린이책에 무려 양장본**을 시도한 곽재구 시인의 『아기참새 찌꾸』였다. 이 디자인은 당시에도 언론에 여러 번 회자되었을 정도로(엄마도 그런 이유로 사 오셨다) 센세이션을 일으켰다. 30여 년이 지난 지금도 내 서가 한 편에서 다른 책들에 기죽지 않고 여전히 적당한 세련됨을 뽐내고 있다.

물론 이 책의 매력이 단순히 디자인에만 있는 것은 아니었다. 당시 내가 주로 읽던 동화는 교훈 가득한 전래 동화나 명작 동화류였는데, 이 책은 그전까지 읽어본 적 없었던 국내 창작 동화였다. 주변에서 늘 보는 참새

---

* 한글은 원래 세로쓰기로 디자인된 글자이기 때문에 가로세로 비율이 1:1로 너비가 일관되게 통일돼 있다. 그러나 로마자는 글자의 높이가 기준선을 따라 잡혀 있고 너비는 제각각이다. 한글이 세로쓰기에서 가로쓰기로 바뀌면서 기존의 규칙을 일괄 적용 할 수 없었던 한글 디자이너들이 내놓은 방법은 네모꼴과 탈네모꼴 스타일이었다. 네모꼴은 안정감을 추구하고, 탈네모꼴은 다소 들쭉날쭉해 보이지만 글자의 세로가 길어져 기존의 글씨체와 다른 느낌을 준다. 장점이자 단점이다. 현재는 네모꼴과 탈네모꼴의 대안으로 중간네모꼴도 나오고 있다. 이것에 대해 좀더 알고 싶다면 〈출판문화〉(675호) 중 김동신 디자이너가 쓴 「가장 출판사다운 로고를 원한다면」을 참고해도 좋을 듯하다.
** 표지와 내지를 따로 가공하여 실로 맨 내지를 표지에 싸서 만드는 제책 방식. 주로 인쇄된 종이나, 인조가죽류, 크로스지 등을 사용해서 하드커버에 싸서 바르는 표지(일명 '싸바리')와 실로 엮어 묶은 내지의 책등에 듬성한 거즈 같은 생사를 발라 그 위에 질긴 종이를 덧붙여 만든다.

1992년 초판본 『아기참새 찌꾸』의 표지와 본문의 펼침면 중 일부. 2003년에 두 권으로 분권된 개정판이 출간되기도 했다.

의 세계를 환상적으로 그린 이 동화에서 나는 현실과 동화 사이 어딘가에 있는 듯한 판타지를 느꼈다. 그런 환상적인 느낌을 한껏 돋보이게 한 게 북디자인이라고 생각한다. 그런 경험이 후에 나의 직업 선택에 알게 모르게 영향을 끼쳤다고도 생각한다. 유달리 강렬했던 이 책에 대한 인상은 나의 데이터 노트에 기록돼 있다.

— 서울북인스티튜트(SBI)와 한겨레교육문화센터를 통하면 좀더 실무에 가까운 출판 업무를 배울 수 있다.

도대체 어디까지
실수할 거야!!

'파티션도 없는데 사수도 없다니!' 이건 드디어 취업했다고 생각한 그다음날 처음 든 생각이었다. 사수가 없다니……. 출판사에는 생각보다 사수가 없는 경우가 정말 많다. 그래도 편집자의 경우는 이런 일이 드물다. 편집자는 최소한 2명은 있다(보통 편집자 출신 사장님과 편집자). 그러나 북디자이너, 특히나 인하우스 북디자이너*는 1명 혹은 2명인 경우가 많다. 대형 출판사가 아니고서야 출판사의 규모라는 것이 워낙 고만고만하고(많아야 10명 이내) 소수 정예로 움직이기 때문에(사람이 많다고 좋기만 한 업종은 또 아니다) 디자이너는 그 한 명조차 없는

---

* 기업에서 디자인 에이전시가 아닌 내부 디자인팀에 속해 직접 디자인을 경영·진행하는 디자이너

경우도 많다. 하지만 회사의 규모가 아무리 고만고만하다고 해도 시간이 지날수록 출간 종수와 관리해야 할 일이 늘어나게 돼 있다. 고로 내부에 디자이너가 1명이라도 꼭 있어야 한다. 그래야 중쇄도 찍고 광고도 가능하기 때문이다.

앞서 말했듯이 디자이너가 반짝이는 아이디어로 책의 물성을 만들어 생명을 넣어준다고 생각하기 쉽지만(그 또한 맞다) 디자이너의 업무에 그것만 있는 것은 아니다. 출판사의 내부 살림(회계가 아닌)을 맡기도 한다. 책의 물성을 끊임없이 관리하고 업데이트하기 위해서라도 디자이너 보유는 필수 중의 필수다. 그렇지 않으면 회사는 어떻게든 굴러갈지라도 회사의 데이터베이스는 엉망진창, 그때그때 때우는 수준으로 관리될 수밖에 없다.

이런 이유로 출판사에는 디자이너가 보통 1명 정도는 근무하고 있지만 안타깝게도 그 고만고만한 규모로 인해 인원이 자주 교체되곤 한다(이것은 편집자들도 비슷하다). 그러면 당연히 사수는 없다. 사수가 없다면 누가 어디서부터 어디까지를 가르쳐줄 수 있는가. 경력자라면 한번 쓱 훑어보고 자신의 스타일에 맞게 일할 수 있겠지만 신입은 그런 판단을 하기 어렵다. 아차 하는 사이에 실수가 생기고 그 실수는 바로 인쇄 사고로 돌아오는 경우가 많다. 나의 경우에는 사장님이 호소할 정도였다.

"도대체 어디까지 실수할 거야!!"

나는 속으로 생각했다.

'어디까지 실수할 수 있는지 모르겠어요. 뭘 아는지 모르는지도 모르는데요.'

당시 내가 저질렀던 실수들은 대략 이렇다.

─어려운 인쇄 용어가 많아 사례 뒤(45쪽)에 설명을 덧붙였다.

사례 1) ISBN을 잘못 썼다

표지 뒷면에 있는 ISBN*, 즉 바코드는 책의 주민등록번호라고 할 수 있는 열세 자리의 숫자에 여러 가지 정보를 함축하고 있다. 문제는 이게 열세 자리라는 것이다. 어쩔 수 없이 열세 자리를 타자로 치다보면 오타가 날 때가

---

* International Standard Book Number, 국제표준도서번호. 각 출판사가 출판한 각각의 도서에 국제적으로 표준화하여 붙이는 고유의 도서번호. 본래 10자리였지만 2007년 이후 유럽상품번호(EAN)에 맞춰 13자리로 바뀌었다. '접두부 3자리, 국별번호 2자리, 발행자번호 2~6자리, 서명식별번호 1~5자리, 체크기호 1자리'의 형태이며, 체크기호에는 X가 올 수도 있다.

있다. 요즘은 바코드 앱이 많아 미리 확인해볼 수 있지만, 예전엔 그런 게 없었다. 바코드 선이 눈으로 보기엔 다 같은 것 같아도 그 너비에 따라 어마무시하게 다른 결과를 낳는다. 최악의 상황은 제본을 마치고 서점에 입고까지 완료된 후에 서점에서 연락이 오는 것이다. "바코드 번호가 달라요!"라고. 그럼 이미 전국의 서점에 뿔뿔이 흩어져 있는 책들을 다 수거해야 한다.

나도 그렇게 ISBN을 잘못 쓴 적이 있다. 서점의 연락을 받고 전 직원이 서점 물류 창고로 출동했다. 나는 수정할 스티커를 만들어야 했으므로 사건의 범인임에도 후발대로 출발했다. 부랴부랴 소량 스티커 업체를 찾아 스티커를 만들고 파주에 있는 물류 창고로 들어갔다. 당시 내가 다니던 회사는 규모가 작아서 책 전문 물류 창고에 위탁을 준 상황이었다. 우리 회사 책만 있는 것이 아니라 수백 수천 개 출판사의 책들과 함께 보관돼 있는 것이다. 문이 열리는 순간, 살아생전 그렇게 많은 책은 처음 보았다. 높디높은 책들의 높이에 나도 모르게 압도됐다. 그 많고 많은 책들 중에서 내가 실수한 책 2천 권의 위치를 찾아 물류 창고 귀퉁이로 옮겨서 스티커를 한 장씩 붙이기 시작했다. 죄인은 당연히 염치가 없어 말이 없었고 춥고 쌩한 공기의 물류 창고에서 다들 말없이 스티커를 붙였다. 몇 시간이 지나고 해가 졌을 때, 다 같이 나와서 고깃집에 갔다. 입으로 들어가는지 코로 들어가는지 모를 상황에서 당시 사수나 다름없었던 하드 캐리 전문 편집자 선배님이 내 어깨를 두드리며 얼른 먹자고 하셨다.

그날의 쌀쌀했던 날씨와 죄송했던 마음이 아직도 내 기억에 남아 이제는 무슨 일이 있어도 ISBN 실수만은 절대 하지 않겠다고 다짐했지만, 그후로 10년도 더 지난 어느 날 난 또 실수를 하고 만다. ISBN은 기본적으로 기호다. 고로 그 기호가 잘 읽혀야 한다. 어떤 색을 쓰느냐에 따라 읽히지 않을 수도 있다. 모 서점에서는 ISBN에 색을 넣지 말라고 공지까지 돌릴 정도였다. 이 사실을 간과하고 배경 전체가 검정인 표지에 왠지 포인트를 넣고 싶었던 나는 하얀색으로 ISBN을 넣었다. 인쇄가 끝나고 제본만이 남은 시점에서 '아뿔싸!' 하고 어쩌면 ISBN이 안 읽힐 수도 있겠다는 생각이 스쳐 들었다. 확인해보니 역시나 ISBN은 읽히지 않았다. ISBN의 줄을 정반대로 넣은 것이나 마찬가지인데 미처 생각하지 못했던 것이다. 그 이후로 ISBN에는 최대한 멋을 부리지 않게 됐다. 이 경험으로 적색, 노란색과 몇 가지 조합에서는 ISBN이 전혀 읽히지 않는다는 것도 알게 됐다.

사례 2) 도비라 안쪽에 글자를 넣었는데 함께 제본됐다

북디자인에서는 가끔 유행 비슷한 게 돌 때가 있다. 내가 일을 시작한 지 얼마 안 됐을 때인데 당시에는 본문의 글을 일부 발췌해 도비라에 빽빽하게 넣는 게 유행이었다. 유행의 흐름에 탑승하고 싶은 마음이 결국 화를 불렀다.

그 책은 한 셀럽이 자비출판을 부탁한 경우였기에 무슨 일이 있어도 저자가 원하는 쪽으로 일을 진행해야 했다. 그런데 제본이 된 뒤, 도비라에 쓰인 발췌문이 다소 안 보이게 되자 저자 쪽 중간 진행자가 화를 내기 시작했다. 저자의 의도가 훼손되거나 오해를 살 수 있다는 것이었다. 결국 도비라가 들어간 부분을 모두 교체하기로 결정했다. 이미 제본도 다 된 상태여서 해당 페이지를 한 장씩 마스터 인쇄*로 출력해 준비한 후 제본된 책에서 해당 페이지를 오려낸 뒤 티 안 나게 붙이는 작업을 했다(이를 본문같이라고 부른다). 다행히(?) 이번에는 나와 직원들이 할 수 없는 고난도의 작업이었기에 전문 업

실수는 아니었지만 보는 사람에 따라 실수로도 보일 수 있는 디자인 사례 중 하나

체에 맡길 수밖에 없었다. 이런 일이 의외로 잦아 전문 업체가 있다는 것도 신기했지만, 틀린 것은 아니나 오해를 살 수 있는 표현은 가능하면 지양하는 게 좋겠다는 교훈도 얻은 작업이었다.

사례 3) 표지에 저자명을 잘못 썼다

표지 시안이 결정되고 최종 표지 대지(펼침면)를 작업할

---

* 제판용 카메라에 직접 인쇄판 원지를 걸고 촬영하기 때문에 같은 인쇄물을 다시 찍어내기가 어렵다는 점에서 '경인쇄'라고도 한다. 레이저 프린터로 인쇄된 원고를 직접 특수 재질의 종이인쇄판(Master Paper)에 촬영하여 인쇄하는 인쇄법. 최고 2도 인쇄(2색 인쇄)까지 가능하며, 소량 인쇄시 오프셋인쇄에 비해서 저렴하나 대량 인쇄일 경우 종이인쇄판을 다시 제작해야 하므로 500부 이상은 오프셋인쇄가 더 저렴하다.

때 쓰는 원고는 담당 편집자에게 직접 전달받는다. 그러나 표지 시안이 결정나기 전 컨펌이 지지부진할 경우에는 미리 할 수 있는 작업을 해놓기도 하는데 이 작업에서 오타를 냈다. 더 정확히 말하면 잘못됐던 저자 이름이 본문에는 정정됐는데 표지에는 정정되지 않은 채 그대로 제본, 완성, 출고됐다. 문제는 이 과정에서 아무도 그것을 보지 못했다는 것이다. 입이 열 개라도 할말이 없다. 편집자와 합을 맞추며 일하는 내가 '편집자가 그렇게 줬어' 또는 '편집자가 안 잡아줬어'라고 말하기엔 저자명 오타는 내가 생각해도 너무했었다. 저자는 수정을 요구했고 다행히 정정되었지만 아찔했던 기억으로 남아 있다. 그뒤로는 마감 때면 저자 이름만큼은 항상 두 번 세 번 체크하게 되었다.

사례 4) 하시라에 장제를 잘못 넣었다

각 출판사마다 하시라를 쓰는 방법과 규칙이 있다. 전공 수업에서는 다른 건 몰라도 책 제목만큼은 꼭 써야 한다고 강조했지만 실무에서는 꼭 그래야 하는 건 아니다. 오히려 현재 읽고 있는 장의 정보를 주기 위해 책 제목을 제외하고 장제목이나 소제목을 더 자세히, 친절하게 적용해주는 경우가 많다. 문제는 그러면 수정이 잦아진다는 것이다. 장이나 꼭지가 바뀔 때마다 하시라를 수정해야 하기 때문이다. 퀵에서는 이것을 일일이 조절해주어야 했지만 인디자인에서는 다행히 자동으로 변경된다. 그런데 자동임에도 실수를 피할 수 없을 때가 있다. 18장인데 19장 제목이 들어간다든가. 입력 정보의 아주 미세한 차이에도 이렇게 잘못 반영될 수 있으니, 하시라에 정보 변경이 잦다면 마감 전에 꼭 체크해야 한다.*

사례 5) 회사 주소가 바뀌었는데 판권면(→ 간기면)에 바뀐 주소를 넣지 않았다

자주 있는 일은 아니지만 회사가 이전한 적이 있었다. 그러면 중쇄를 찍을 때 바뀐 주소와 전화번호 등을 적용해주어야 하는데 기존 파일을 그대로 쓰다가 기존 주소로 인쇄돼버린 것이다. 이 또한 앞의 사례 2번과 같이 본

---

* 인디자인에서 문자 패널에 들어가면 '텍스트 변수'라는 기능이 있다. 설정에 따라 하시라 자동출력은 물론, 두세 가지 입력도 가능해 유용하게 쓰이지만 이것 또한 입력값에 따라 오류 및 실수가 나올 수 있기 때문에 마감할 때 장(章, chapter)이 변경되는 구간만이라도 앞뒤 페이지를 확인하는 게 좋다.

문갈이를 해야 한다.

사례 6) 의도한 서체와 최종 결과물이 다르게 나왔다

서체*는 책을 만드는 데 상당히 중요한 역할을 한다. 그 자체가 글자이자 미학적으로 이미지가 될 수 있다. 그래서 표지에서는 더 큰 역할을 하기도 하는데 퀵을 쓰던 시절에는 (유료든 무료든) 폰트의 종류 자체가 별로 없었고 컴퓨터 간 호환도 잘 되지 않아 여차하면 아예 이미지화시켜 파일을 내보내기도 했다. PDF 검판으로 넘어오면서 (PDF가 일부 이미지적 기능을 보완하기도 하기에) 그런 실수가 많이 줄었지만, 가끔 시스템 환경의 차이로 예상과 아예 다른 파일이 돼버리기도 한다. 명조체를 썼는데 굴림체로 변환된다든지 하는 것 말이다. 이런 상황에 자신이 없거나 확실히 하고 싶다면 모든 작업이 완료된 후에 레이어를 만들어 원본용/아웃라인용(주로 '폰트를 깬다'고 표현하는데 기존의 서체, 폰트 정보를 지우고 이미지화시키는 작업이다) 두 가지로 저장해놓으면 작업할 때 안전하게 진행할 수 있다.

---

* 서체와 폰트를 혼동할 수 있는데, 서체는 글자 그 자체를 뜻하고 폰트는 그 서체를 프로그램화해 컴퓨터와 같은 기계에서 사용할 수 있게 만든 것이다.

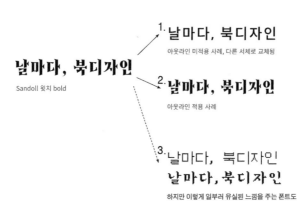

1. 날마다, 북디자인
아웃라인 미적용 사례, 다른 서체로 교체됨

2. 날마다, 북디자인
아웃라인 적용 사례

3. 날마다, 북디자인
날마다, 북디자인
하지만 이렇게 일부러 유실된 느낌을 주는 폰트도
출시되고 있다. 산돌 DOS 고딕(위), 명조(아래)

폰트 유실의 사례. 그러나 3번처럼 폰트 유실을 디자인으로 활용하는 사례도 많아지고 있으니 마감 전에 체크해봐야 할 부분이 됐다.

사례 7) 책등 사이즈를 잘못 쟀다. 고로 표지 전체의 균형이 묘하게 안 맞는다

책의 물성을 좌우하는 데는 두께도 한 역할을 한다. 종이마다 80g, 100g, 120g 등 무게에 따라 이름 붙이기도 하는데 평량과 두께가 비례하지는 않는다. 1제곱미터 면적의 무게를 평량이라 하고, 그 숫자에 g/m²를 붙여 표기하는데, 같은 100의 평량이라도 아트지가 평균 80μm(마이크로미터, 종이의 두께를 표기하는 단위)라면, 스노우지는 90μm 정도이다. 이는 종이가 묶였을 때 전체 느낌을 좌우한다. 따라서 책등 두께를 잘못 적용하면 표지의 가운데에서 잡아주는 역할을 제대로 못할 수 있다. 고로 같은 종이를 사용한 실물 책을 참고해 정확히 재고, 잘 모르겠으면 지업사에 문의한 뒤에 진행하는 게 좋다(책등 계산식은 203쪽을 참고하면 된다).

*

출판 용어 중에는 일본어가 그대로 굳어진 게 많다. 이는 1995년 〈출판저널〉의 한 기사에서도 지적되었는데, 일본어를 쓰지 않으면 전문적이지 않다고 여기는 분위기가 있었다고 한다. 20여 년이 지난 지금은 그런 분위기가 다소 사라진 듯하나 대체어나 순화어의 정착은 여전히 요원한 상태다. 자주 쓰는 몇 가지만 간단히 정리하면 아래와 같다.

- 누끼ぬき: 일본어로 '빼다'라는 뜻이다. 이미지 편집을 할 때 필요한 이미지만 남기고 배경을 없애는 작업에 주로 쓴다. (→ 배경 날리기)
- 도비라とびら, 扉: 일본어로 '문', '문짝'을 뜻한다. 주

로 책 내지에서 전체 페이지로 들어가는 소제목 페이지를 말하며 다른 챕터로 전환하는 기능이 있다. (→ 속표지·표제지)

- 돈보とんぼ: 터 잡기 된 필름을 교정보거나 원색필름(보통 C, M, Y, K 4색)을 교정볼 때 필름 양쪽 끝에 겹치는 +모양(⊕)으로 된 표시이다. 잠자리(일본어 발음으로 '톤보') 모양 같다 하여 붙여진 이름으로 기준선 역할을 한다. (→ 가늠표)

- 돈땡どんてん: 원칙적으로 신국판형의 책은 국전지* 한 장에 32면을 찍을 수 있지만 모든 책의 면수가 32의 배수로 떨어질 수는 없다. 그때 사용하는 방법이 둘러치기 또는 같이걸이라고도 불리는 돈땡(돈텐)이

---

* 용지 표준규격은 국제표준화기구가 정했고, A(A0=841mm×1189mm), B(B0=1030mm×1456mm), C(917mm×1297mm) 세 시리즈가 있다. 숫자는 0부터 시작해 1씩 커질수록 면적(크기)이 반절이 된다. A시리즈 전지를 국판형 전지(국전지)라고도 부른다. 일제강점기에 수입하여 사용하던 A시리즈 전지의 상표 모양이 '달리아'라는 꽃이었는데, 일본 왕실 문장인 국화꽃과 비슷하다고 해서 '국화꽃판'이라고 불렀다 한다. 이것이 시간이 흐르면서 변형돼 '국판'으로 불리게 됐고, 현재는 A5(148mm×210mm)를 국판이라고 부른다. 한국에서는 인쇄시에 국전지(636mm×939mm, A시리즈와 크기가 거의 비슷하다)와 4×6(사륙)전지(788mm×1091mm, B시리즈와 크기가 거의 비슷하다) 두 종류가 많이 쓰이는데, 사이즈가 좀 큰 책들이 4×6전지에 인쇄되고 사이즈가 작은 책들이 국전지에 인쇄된다.

다. 한마디로 종이를 아끼기 위해 고안된 방법이다. (→ 같이걸이)

- 베다ベタ: '빈틈없이 전체에 뻗침, 전체, 전면全面, 온통'이라는 뜻으로 색상의 농도를 100%로 잡을 때 쓰는 용어이다. (→ 바탕색을 입히다)

- 소부燒付: 일본 말로는 야키쓰케やきつけ, 燒付け이다. 인쇄할 때 네거티브필름이나 포지티브필름을 놓고 빛을 쬐어 화상을 만드는 일이다. 실제 인쇄의 바로 직전 과정이다. 더 쉽게 말하자면, 터 잡기를 통해 얻은 필름 원판으로 실제 인쇄기에 걸 인쇄판을 만드는 일이다. (→ 판 굽기)

- 시아게しあげ, 仕上げ: 끝손질이나 작업의 마무리를 뜻한다. (→ 마무리)

- 싸바리: 양장본에서 겉표지 속의 합지에 달라붙은 표지를 말한다. '싼다'라는 한국어와 '바리ばり, 貼り'라는 일본어가 합쳐져 나온 외래어 합성어다. (→ 싸바름)

- 세네카せなか, 背中: 일본어로 '등', 책등을 뜻하고 정확한 일본어 발음은 '세나카'이다. (→ 책등)

- 하리꼬미はりこみ, 張り込み: 낱장의 필름을 레이아웃 기준에 맞춰 커다란 대지 필름에 붙이는 일이다. 즉, 제판용 원판을 만드는 것이다. (→ 터 잡기)

- 하시라はしら, 柱: 페이지 코너에 도서명이나 장제목 등의 정보를 넣는 곳을 말한다. 책의 중앙을 떠받치고 있는 것이 기둥처럼 보여 쓰기 시작했다고 한다. 영미권에서는 러닝타이틀running title, 러닝헤드running head 등으로 부른다. (→ 면주面註)

네 번의
퇴사와 이직

출판계는 이직이 잦은 분야이다. 한두 번의 이직은 기본이고, 일 년에 몇 번씩 이직하는 경우도 허다하다. 그러다보니 장기 근속은 흔한 일이 아닌데, 어쩌다 이렇게까지 한 회사에 오래 다닐 수 있었는지를 생각해보면 이유는 단 한 가지였다. 내가 읽을 수 있고 궁금해서 계속 읽고 싶은 책을 만든 것.

처음 일을 시작할 때는 뭐든 배운다는 생각으로 사실상 거의 자비출판*이나 다름없는 회사를 다녔다. 이

---

* 저자가 여러 이유로 책을 자체제작하고 싶은 경우에 원고를 출판사에 보내면 출판사에서 편집, 인쇄, 유통을 맡아주는 방식이다. 이런 경우는 보통 저자가 책의 제작 비용을 부담하기 때문에 인세가 기획출판에 비해 좀 높은 편이다. 보통 생각하는 출판은 기획출판으로 출판사가 모든 비용을 부담하고 원고를 받아 편집, 인쇄, 유통하는 방식이다. 이 외에도 최근에는

2004년 6월 18일 (金) 밤
출근하게 된지 일주일이 다 되어간다.
아직까지 큰 어려움도 없고
사람들도 좋고
무엇보다도 자신감이 생긴 나 자신이 좋다
나도 무언가 할 수 있다는 계기를
마련케 준 것 같아 좋다

생애 첫 출근을 하던 시기의 일기장. 이후의 일기장에는 설렘과 흥분, 좌절과 슬픔
이 뒤섞인 글들이 가득하다. 모두 추억이 되어 지금의 자양분이 됐다.

때의 근속 기간은 약 6개월로, 사실상 컴퓨터를 한번 만
져보고 그게 책으로 나오는 과정을 지켜본 것이 다였다.

그뒤에 입사하게 된 극소 기업. 여기도 사실상 편집
자 1명, 영업자 1명, 디자이너 1명, 사장님 내외분이 직
원의 전부였다. 구직 사이트에서 '가족 같은 회사'를 표
방한 문구가 넘칠 때였는데, (좋게든 나쁘게든) 진짜 가족
같은 분위기의 회사였지만 베테랑 편집자 선배님이 하

반기획출판(저자와 출판사가 각자의 부담을 반씩 나누는 형식)이나 독립
출판(ISBN 없이 발행되는 책으로, 소량으로 제작해서 저자가 직접 유통을
담당하는 방식), 1인출판(출판사의 형태를 갖추고 있으면서 5인 이하의 소
규모인 경우. 기획 등은 내부에서 처리하고 나머지 업무는 외주를 주는 형
식으로 회사를 운영한다) 등이 있다.

드 캐리 하며 회사를 끌고 가는 분위기였다. 사수가 없으니 당연히 실수도 많았다. 하지만 이곳에서 배운 것도 많았다. 무슨 일이든 책임은 책임자가 지는 게 마땅하고, 그 과정에서 서로가 서로를 도와주는 정을 느꼈다. 많이 어리기도 했고 어리숙해서 시행착오도 많았지만, 그 순간마다 도와주시는 분들이 항상 나타났다!

당시에는 사수가 없으니 어떤 일을 진행하기 전에 어디에든 물어봐야 했다. 난 그럴 때마다 전화기를 들고 인쇄소 출력실분들께 질문 세례를 해댔다. 처음에는 엄청 귀찮아하셨지만, 결국에는 다 가르쳐주시고 나중에는 궁금한 게 있으면 물어보라고도 해주셨다. 자신이 모르는 것은 다른 동료에게 물어봐가며 가르쳐주셨다. 그럼에도 난 그분의 이름도 출력실 이름도 기억하지 못한다. 하지만 그때 받은 고마움을 누군가에게는 꼭 갚아야 한다고 생각했고, 지금도 신입 사원이 오면 꼭 도움을 주려고 한다.

그후 잠깐 어린이전집 출판사에서 아르바이트를 하기도 했다. 사실 그전에는 전집의 시스템이 어떻게 돌아가는지 잘 알지 못했는데, 그 출판사에 있던 몇 달간 어린이전집 출판사의 시스템을 조금이나마 접할 수 있었다. 생각해보면 어린이책만큼 회전이 빠르면서도 느린 장르도 없다. 전집(최소 30권~최대 100권)처럼 큰 규모의 자본을 투입해야 하는 일, 새로운 기술과 빠르게 접목하는 일뿐만 아니라 어린이책의 특성상 여러 가지 교구들이 세트에 붙고 입체북, 플랩북* 등이 많아 챙겨야 하는 일이 정말 많았다. 게다가 도서정가제의 시행으로 구입하는 입장에서도 신중에 신중을 기하는 분위기가 형성되어 어린이책 시장도 얼어붙기 시작했고, 여러모로 일반 성인 단행본 출판사에서 일하던 때와는 많이 달랐다. 어느 때보다도 큰 그림을 보고 신중히 움직이되 흐름을 빠르게 읽는 것. 이것은 성인 단행본에도 적용되지만 이곳에서 일할 때 좀더 피부로 느낄 수 있었던 것 같다.

그다음 입사하게 된 경제경영 출판사. 돌이켜보면 지금 회사에 정착할 수 있도록 큰 도움(?)을 주었다. 2년 동안 많은 일이 있었지만 가장 큰 깨달음은 역시 책을 만들려면 많이 읽어야 하고, 스스로 내놓았을 때 부끄럼 없는 책 그리고 결정적으로 내가 이해할 수 있는

---

* Flap Book, 책장에 접힌 부분을 펼쳐서 볼 수 있도록 제작된 책. 주로 해당 그림과 연결되는 또다른 그림이나 내용이 들어 있다.

내용의 책을 만들어야 한다는 것이었다. 경제경영 분야는 아무리 읽어도 이해되지 않았고 아무리 열심히 만들어도 얼마 지나지 않아 기억나지 않았다. 그래서 지금도 자신 있게 말할 수 있다. 출판사에 오래 다니고 싶으면, 다음 페이지가 궁금해서 자꾸 펼쳐 보게 되고 계속 만들고 싶은 책을 출간하는 출판사에서 근무하라고 말이다.

디자인은
'영화'로 배웠어요

무언가를 배워나간다는 것은 당시에는 직접 느낄 수 없는 것인지도 모르겠다. 내 안의 모든 감각을 깨워 작은 일상에서도 하나하나 배워나가는 것, 나는 디자인을 그렇게 배웠던 것 같다. 디자인이라는 일이 직업이 되면서 사람들이 흔히 생각하는 방법으로 공부한 시기도 있었다. 열심히 관련 책을 읽고 따라 하고. 그런데 이 과정에서 뭔가 깨치는 게 없으면 그냥 글자의 나열을 머릿속에 넣는 일일 뿐이었다. 그럼에도 초반에는 관련 도서를 읽으며 공부하는 것이 중요하다. 언젠가 막혀 있던 의문들이 도미노처럼 차르륵 쓰러지며 이해될 수도 있기 때문이다. 그리고 꼭 책이 아니더라도 다양한 예술을 접해보라고 말하고 싶다. 예술은 서로 다른 듯 닮아 있기 때문이다.

예를 들면 출판과 영화가 그렇다. 알기 쉽게 둘의 공통점을 나열하자면,

- 둘 다 기본 화면(종이/필름)이 있다.
- 그 화면 안에 구성을 해야 한다(디자인/미장센*).
- 화면이 계속 움직인다(책을 넘김/필름-화면이 넘어감).
- 긴 스토리가 있다(고로 처음과 끝이 있다).
- 각 장을 구성할 수 있다(챕터/시퀀스**).
- 컬러를 쓸 수도, 흑백을 쓸 수도, 둘 다 쓸 수도 있다.
- 편집에 따라 구성을 자유로이 바꿀 수 있다. 고로 같은 내용이라도 다르게 구성할 수 있다(영화에서 감독판이 따로 나오듯 편집자에 따라 책의 편집 방향이

---

* mise en scène, 본래 연극 무대에서 쓰이던 프랑스어로 '연출'을 의미하는데, 영화에서는 카메라에 찍히는 모든 장면을 사전에 계획하고 밑그림을 그리는 것으로 해석하며, 카메라가 특정 장면을 찍기 시작해서 멈추기까지 화면 속에 담기는 모든 이미지를 뜻하기도 한다.
** sequence, 특정 상황의 시작부터 끝까지를 묘사하는 영상 단락 구분. 몇 개의 신(scene)이 한 시퀀스를 이룬다. 신은 한 개 이상의 숏(shot)이 이룬 장면이다. 정리하면 숏이 모여 신을 이루고 신이 모여 시퀀스를 이룬다. 시퀀스는 책의 장(chapter) 정도의 역할을 한다고 보면 이해가 빠를 것이다.

전혀 다르게 전개될 수 있다).

이렇게 대략 나열한 것만 봐도 많은 부분이 닮은 것을 알 수 있다. 기분 전환을 위해 보는 영화에서 책과 닮은 점을 찾아보면 이렇게 재미있을 수 있다. 놀랍게도 이 공통점은 주어만 바꾸면 다른 분야에도 적용되는 점이 많다.

편집디자인의 개척자로 불리는 알렉세이 브로도비치Alexey Brodovitch는 전체 작업물을 한군데 모아 펼쳐놓고 전체의 흐름을 살폈다고 한다. 다음의 그림은 단행본 본문의 배열표 2종과 영화의 스토리보드이다. 그림들을 보면 스토리의 흐름을 잡아가는 것이 비슷하게 보이기도 한다. 이는 장르와 상관없이 스토리의 처음과 끝을 가지고 있는 어떤 매체라도 비슷할 것이다.

너무 어렵고 멀다고 생각하면 아무것도 할 수 없다. 지금 내가 배울 수 있는 환경에서 배울 수 있는 것을 찾아가자. 어쩌면 지금은 이해하기 어렵더라도 머릿속 어딘가에 저장해두고 열심히 공부해나가다보면 어느 순간 이해할지도 모른다. 그때까지 열심히 한번 해보는 것이

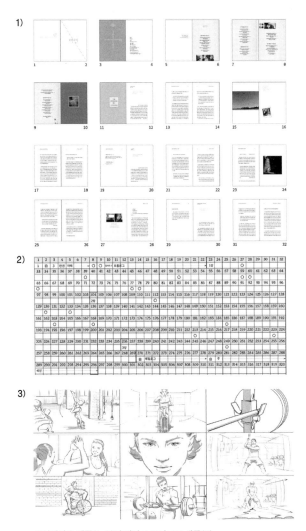

도서배열표 샘플(1, 2)과 영화 스토리보드 샘플(3)

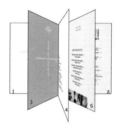

실제 책의 배열 순서(위)와 독자 입장에서 본 책의 시각적 순서(아래). 평면적으로 보이는 책도 사실은 입체적인 면을 가지고 있다.

다. 그렇기에 나는 이렇게 자신 있게 말할 수 있다. 일단 나가자! 많이 보고, 느끼고, 저장하자! 그러면 언젠가는 공부가 다 되어 있을 것이다. 자, 그럼 일단 영화부터 보러 가자! 나는 또 자신 있게 말할 수 있다.

"디자인은 '영화'로 배웠어요!"

— 물론 실제 배열과 시각적인 배열은 차이가 있을 수 있다. 이를 감안해 큰 그림을 그려간다는 생각으로 작업해야 하는데 이는 책의 가독성, 연결성에도 영향을 줄 수 있다.

나의 구원자,
악덕 사장님들

경고!

심장이 약한 사람이나 노약자는 이 장을 읽지 말고 건너가시오.

이 글에 나와 있는 사례는 100퍼센트 실화이고, 실명을 거론하지 않은 것은 당사자의 체면과 인격을 존중해서이니 혹시나 찔려서 반박하고 싶다면 개인적으로 연락하기를 바랍니다. 그리고 비교적 책에 실을 수 있을 정도의 사례만 엄정 선택 한 뒤 순화된 표현으로 실었다는 점도 미리 말씀드립니다.

위 경고에 썼다시피 이 글은 모두 실화다. 건너 건너 들은 것도 아니고 직접 보고 경험한 것. 그렇기에 누군가 내게 어떻게 한 회사에, 게다가 이직률이 높은 출판계에서 한 출판사에 오래 다닐 수 있느냐고 묻는다면…… 나의 구원자들, 악덕 사장님들 덕분이라고 할 수 있겠다.

사례 1) 점심밥 차리라는 사장님

이 출판사는 처음부터 엄청난 압박 면접이 있었다. 약 두 시간에 걸친 일대일 면접이었지만 초짜나 다름없던 나에게 관심을 갖고 많은 질문을 던져주고, 생각할 거리를 남겨준다는 것에 크게 감동한 나는 그 두 시간이 30분의 대화처럼 느껴졌다. 그렇게 면접이 끝나고 몇 시간 뒤 합격 통보가 왔고 며칠 뒤 출근하게 됐다.

그런데 그 두 시간의 재미있었던 면접에서 한 가지 걸리는 게 있었다.

사장: 그런데 우리는 밥을 안에서 먹어요.

나: 네? 안에서요? 시켜 드신다는 뜻인가요?

사장: 아니, 직원들이 돌아가면서 밥을 해 먹어요.

나: 네? 전 밥도 안 해봤는데요.

사장: 한 번도 안 해봤어요?

나: 네! 정말 한 번도 안 해봤어요. 없으면 안 먹어요.

사장: 그럼 설거지만 도와줘요.

나: 네!

그런데 출근한 첫날 뭔가 이상함이 감지됐다. 분명 9시 출근인데 8시 반에 온 내가 무색하게 다들 앉아 있었다. 아주 평화롭게……. 이상하다는 기분이 들었지만 첫날이니까 싶었다. 그런데 오전 근무가 시작되고 10시가 조금 넘었을 때 한참 서점 SCM*에 들어가 주문을 넣고 있어야 할 직원이 사라졌다. 그리고 달그락거리는 소리가 나기 시작했다. 설마 아니겠지……. 하지만 설마는 설마로 끝나지 않았다. 곧이어 점심시간이 되고 한 솥 분량의 닭볶음탕이 나왔다.

표면적으로 보이는 분위기는 화기애애했지만 한 솥만큼 먹는 것도 힘들고 한 솥만큼 나온 설거지도 어마어마했다. 그렇게 이상야릇한 하루를 보내고 다음날. 이번에는 8시에 출근해봤다. 역시! 다들 앉아 있었다. "오늘

---

* Supply Chain Management, '공급망 관리'라는 뜻으로, 부품 제공업자로부터 생산자, 배포자, 고객에 이르는 물류의 흐름을 하나의 가치사슬 관점에서 파악하고 필요한 정보가 원활히 흐르도록 지원하는 시스템이다. 여기서는 서점에서 운영하는 입출고 관리 시스템을 뜻한다.

은 '조금' 일찍 왔네?"라고 말하며 지나가는 사장님. 오전 근무가 시작되고 어제 사라지셨던 그분이 다시 달그락 소리와 함께 사라지셨다. 이번엔 한 솥 분량의 김치찌개다! 사장님이 말씀하셨다.

"A주임이 두 번 차렸으니까 이번주 남은 식사는 B대리가 하고 그다음 주는 경민씨가 하면 되겠다."

"네???"

나는 눈이 동그래졌다. 지금은 6년 차 세미프로 주부여서 밥 정도는 할 수 있지만 그때는 20대 초중반, 없으면 안 먹고 있어도 잘 안 먹던 시절이다. 그런 내가 밥을 한다…… 그것도 6명이나 되는 사람들의 밥이라……. 뭔가 잘못됐다.

사장님께 말해보기로 했다.

"근데 사장님, 제가 처음에 들어올 때 밥은 분명 못한다고 말씀드렸는데요."

"오, 그랬지? 근데 하면 늘어."

3일 뒤 퇴사를 통보했다. 나는 책을 만들러 온 거지 밥까지 만드는 건 무리라고요!

사례 2) 퇴사자가 지원한 회사에 재 뿌리는 사장님

사장님과 유난히 사이가 안 좋은 직원이 있었다. 사장님 말로는 그 직원이 다른 직원보다 빠릿빠릿하지 않고 빨리 출근하지 않는 게 회사에 정이 없어 보인다는 것이었다. 그렇게 시작된 괴롭힘은 정말 상상 초월이었는데 그 직원의 가족 중 한 사람이 큰 병에 걸려 수술을 받아야 하는 상황이었다. 당연히 반차를 쓰고(연차 하나를 다 쓴 것도 아니고) 수술실을 지켰다. 그리고 다음날 정상 출근을 했다. 사장님의 불호령 "C씨, 내 방으로!" 방밖으로 큰소리가 나왔다. 엄청난 화가 문밖까지 흘러나올 것 같았다. 그런데 그 방을 뚫고 나오는 한마디.

"젊은 사람일수록 몸이 아프면 더 기운 낼 생각을 해야지. 화장실 문고리 잡을 힘이 있으면 회사에 나와야 하는 거야! 그리고 부모님은 언젠가 돌아가셔. 그런데 반차를 써?"

방밖에 있던 직원들이 모두 얼음이 됐다. 지금 내가 제대로 들은 것이 맞나? 그 일이 있은 후 해당 직원이 먼저 그만두겠다고 말했는데 사실상 권고사직으로 처리됐다. 무슨 일이 있어도 실업급여 서류를 처리해주지 않았던 사장이 신속하게 처리해서 내보냈다. 그후 해당 직원이 구직을 한다는 소리가 들려왔다. 그 소식을 듣게 된 경로는 다름 아닌 사장이었다. 퇴사한 직원이 다른 출판사에 이력서를 넣었다는 소식을 듣고는 안면도 없는 출판사에 전화를 걸어 그쪽 사장과 통화를 했다.

"여기서 나간 C씨가 그 출판사에 원서를 넣은 걸로 아는데 그 직원 여기서 사고 치고 나간 거 알아요?"

그리고 그 직원이 얼마나 불성실했는지를 설파했다. 사람이 타인의 불행을 이렇게 바랄 수도 있다는 것을 눈앞에서 생생하게 본 사건이었다. 아주 다행스럽게도 그 직원은 그렇게 안 좋은 일을 겪고도 다른 출판사로 가서 높은 자리까지 쭉쭉 승진한 것으로 안다. 인생은 새옹지마라는 것을 나는 그때 체감했다.

사례3) 유리성에 사는 사장님

내가 다니던 출판사는 5층짜리 건물 4층에 사무실이 있었다. 다른 층에도 출판사들이 있었고, 서로 이름은 알지 못해도 얼굴만으로 어느 층, 무슨 일 담당 정도는 알고 있는, 아는 듯 모르는 듯 그런 오묘한 관계의 사람들이 매일 얼굴을 스치며 지나갔었다.

우리 위층에 있던 출판사는 특이하게도 늘 문을 열

어났었다. 그 건물의 옥상은 휴게실처럼 꾸며져 있었기 때문에 같은 건물에서 일하는 직원들이 그 앞을 자주 지나가곤 했다. 그래서 의도치 않게 그 사무실의 모습을 볼 기회가 몇 번 있었다. 구조가 특이했는데 모든 책상이 정문을 향해 한 방향으로 놓여 있었고 맨 뒤에 사장실이 있었다. 그 사무실에서 며칠을 툭탁거리는 공사 소리가 나더니 드디어 완공됐다는 소문이 돌았다. 볼일이 있는 척 그 층에 가본 순간, 모두가 놀랐다. 기존 책상들은 다 그대로 있고, 사장실을 둘러싸고 있던 벽이 모두 유리로 바뀌어 있었다. 그 방에는 그 어떤 벽지도 없고 에어컨도 없고 오로지 책상, 의자, 문만 있었다.

소문으로는 사장님이 직원들을 믿지 못해 직원들의 업무 상태를 그때그때 확인하고 싶어서 벽을 바꿨다고 했다. 마침 정문 바로 앞자리에 있던 디자이너와 눈이 마주쳤다. 디자이너는 눈으로 말하고 있었다…….

'말 안 해도 나도 알고 있어.'

사례 4) 퇴직금을 연봉의 13분의 1로 해놓고 3개월에 나눠 끊어 주겠다는 사장님

약 2년간의 마포구에서의 직장생활을 정리하고 잠시 휴

식기를 가지려던 때였다. 회사는 내게 무급휴가 1개월을 권유했지만 거절했고 바로 퇴사가 결정됐다. 인수인계도 빨리했고 회사를 비교적 잘 나올 수 있게 됐다고 생각했다. 그런데 퇴사한 지 10일이 지나도 퇴직금에 대한 이야기를 들을 수 없었다. 몇 번 통화를 시도했지만 기다리라는 소리만 들었다. 3일 후, 총무부를 통해서 한 통의 건조한 메일이 왔다.

✉ 경민씨, 사장님께서 이번달은 말일이라 그렇고 (?) 다음달부터 석 달에 나눠서 퇴직금을 보내라고 하세요.

퇴직금을 할부로 처리하겠다는 뜻이었다. (더군다나 퇴직금은 연봉의 13분의 1, 고로 저당잡힌 내 연봉의 일부였다.) 이제껏 들어본 적 없는 상식 밖의 제안 아닌 통보에 노동청 홈페이지를 뒤졌고, 답장을 썼다.

✉ 사측의 입장을 잘 알겠습니다. 퇴직금을 3개월에 걸쳐서 분할 지급 한다고 하셨는데 노동청에 알아본 결과 '사용자는 근로자가 퇴직한 경우에는 그 지급사

유가 발생한 날부터 14일 이내(특별한 사정이 있는 경우에는 당사자 간의 합의에 따라 지급기일을 연장할 수 있음)에 퇴직금을 지급하여야 한다(「근로자퇴직급여 보장법」제9조)'라고 합니다.* 그런데 지금 13일 지났군요. 내일이면 14일이 되는데, 내일도 입금이 안 되어 있으면 바로 노동청에 연락하겠습니다. 감사합니다.

메일을 보내고 정확히 한 시간 뒤, 이번엔 메일이 아니라 문자가 왔다.

💬 경민씨, 퇴직금 입금했어요.

퇴직금 100퍼센트 입금 완료.

---

* 정확히는 퇴직급여로 근로자가 상당한 기간을 근속하고 퇴직할 경우 지급되는 연금 또는 일시금을 말한다. 계약 조건에 따라 퇴직금 제도와 퇴직연금 제도가 있으며, 관련 문의는 국번 없이 1350이나 고용노동부 민원마당을 통하면 된다. 진정 제기는 사업장 관할 지방고용노동청에 방문하여 신고하거나, 고용노동부 홈페이지에서 민원신청을 통해 가능하다.

＊

　그럼 최악의 사장만 있느냐. 그런 것만은 아니다. 우연히도 입사 첫날, 점심식사 후 '잠깐 자리 비울게요' 하고 다시 돌아오지 않은 직원도 두 명이나 봤다! 그것도 서로 다른 회사에서. '이 회사는 저와 안 맞는 것 같아요'라는 쪽지와 함께.

" 겨우 들어간 대형 출판사에서
3개월 만에 나온 이유

"

2008년, 『지금, 한국의 북디자이너 41인』이라는 책이 있었다. 이 책은 당시 나에게 성경과도 같은 책이었다. 언젠가 10년(?)쯤 지난 후에는 이렇게 멋진 디자이너가 되어야지⋯⋯라는 큰 꿈을 가지게 했던 그 책. 그러나 현실은 녹록지 않았다.

디자이너는 결국 선택받는 직업이다. 그런데 회사에 소속된 이상 배당받는 일이나 질은 정해져 있다. 물론 그런 상황에서도 '그럼에도 불구하고' 잘 해내는 게 진짜 실력이겠지만 그 시절의 나는 상황을 바꿔보고 싶었다. 좀더 큰물에서 놀고 싶은 마음이 들었고, 그래서 선택한 것이 이직이었다.

아무래도 베스트셀러 디자인을 하려면 빅타이틀이 내게 들어와야 한다고 생각했다. 운좋게도 한 대형 출판사의 면접 기회를 잡았다. 당시에는 흔치 않던 압박 면접에 단체 면접이었다. 나는 그곳에서 "10년 뒤 본인의 모습을 생각해본 적이 있나요?"라는 질문에 야심 차게 이렇게 대답하고 말았다.

"『지금, 한국의 북디자이너 41인』이라는 책이 있습니다. 만약 10년 뒤에도 그 책이 나온다면 저도 그 한자리에 끼고 싶습니다."

나는 압박 면접을 뚫고 채용됐다. 드디어 대형 출판사의 일원이 되는 건가. 부푼 마음을 안고 입사했다. 하지만 결과적으로 나는 3개월 뒤에 퇴사했다. 같이 입사한 사람은 10명 내외였지만 그중 3개월 뒤에 남은 사람은 한두 명 정도였던 걸로 기억한다. 퇴사의 이유는 각기 달랐겠지만 나의 퇴사 이유는 이랬다.

일단 당시 막내급이었던 내게 배치된 일이란 게 거의 조수 정도의 역할이었다. 내가 빅타이틀이 아니라 스몰타이틀이라도 제대로 하려면 몇 년의 시간이 걸릴 터이고 그러기엔 스스로 내 나이가 많다고 생각했다. 일할 기회는 많았지만 그저 많을 뿐이었다. 오전에는 문서 작성, 오후에는 오전에 쓴 문서 정리, 네시쯤 됐을 때 보조 업무를 시작하고 여섯시쯤 됐을 때 표지 작업 서치를 한 번 해볼 수 있을까 정도였다.

이러다간 『지금, 한국의 북디자이너 41인-2』가 아니라 『지금, 한국의 북디자이너 41인-10』이 나와도 내가 낄 자리는 없어 보였다. 이제 정말 시간이 없다는 심정으로 다시 면접을 보기 시작했다. 그리고 약 10여 년이 흘렀다. 정말 많은 변화가 있었다.

결과만 말하면, 『지금, 한국의 북디자이너 41인』은 『지금, 한국의 북디자이너 41인-2』도 안 나왔다. 고로 북디자이너들의 이야기를 들을 기회는 업데이트되지 않았다. 나도, 내 주변의 많은 이들도 스타 디자이너가 되지는 못했다. 하지만 그후로 10년을 한자리에서 어제도 오늘도 내일도 열심히 책을 만들고 있다. 스타가 아니어도 다행히 한 사람으로서 제 몫을 다하며 누군가가 읽을 책을 만들고 있다.

앞으로 10년 뒤에는 『지금, 한국의 북디자이너 41인-2』가 나올까? 설령 그렇지 않더라도 어제의, 그리고 오늘의 나처럼 꾸준히 책을 만들고 싶다. 내일도……

,

2장

사수 없이도
책 만들기에 통달하는 법

"
출근해서
가장 먼저 하는 일

"

매일 오전 6시 반, 알람이 안 울려도 눈이 떠진다. 한 시간 정도 준비하고 출근하면 8시 반쯤 회사에 도착한다. 자리에 앉아 커피를 마시며 어제 퇴근하기 전에 정리하고 갔던 체크리스트를 다시 한번 확인하며 오늘 할일들을 새롭게 적는다.

하루 일과에 대한 계획이 대략 잡히면 필통을 꺼내 오늘 내 손에 잡히는 펜을 고른다. 그날 하루를 좌우할 만큼 펜 고르기는 성스럽고 중요한 루틴이다. 하루를 시작하는 커피만큼이나 이 작업은 중요하다(커피가 없으면 난 살 수가 없다. 그런데 그만큼 중요하다). 그날의 기분에 따라 손에 유달리 착 달라붙는 펜이 있기 때문이다. 펜의 두께는 다양하지만 나는 보통 0.7mm~1mm 정도의 펜이나 샤프를 쓴다. 글을 많이 쓰고 고치는 편집자는 얇은 펜을 선호하던데, 전체적인 구도 수정이 많은 디자이너에겐 멀리서도 잘 보이는 굵은 펜이 유용하게 쓰인다.

그렇게 '오늘의 펜'까지 고르고 나면, 업무용 메일을 통해 들어온 일이 있는지 살펴본다. 주로 광고 의뢰 건이나 데이터 요청이 많고 이것들을 기존 체크리스트에 추가한다. 그러고 나서 본 업무에 들어가기 전에 꼭 하는 것이 서점 투어다. 진짜 서점을 돌아다니는 것은 아니고 주요 온라인 서점 3사 정도만 들어가서 시장 조사를 하는 것이다.

여기서 말하는 3사는 교보문고, 알라딘, 예스24이고 알려져 있듯이 이 3사의 고객 특성은 매우 다르다. 그러므로 베스트셀러의 양상도 조금씩 다르기에 다른 건 몰라도 3사의 베스트셀러는 꼭 돌아본다. 그뒤에 둘러보는 곳은 신간 코너(나에게 맞는 한 사이트에만 들어간다). 매일 서점 신간 코너에 업로드되는 페이지는 많으면 약 두 페이지 정도(약 2~30권)이다. 매일매일 체크한다면 하루에 두 페이지 정도지만, 이것이 일주일간 모이면 열네 페이지, 한 달간 모이면 예순 페이지가 된다. 하루이틀은 소홀히 하고 넘어간다 해도 매번 들어가서 보는 습관이 없다면 나중에 시장의 흐름을 따라가기 어렵다. 그러므로 적은 양이라도 매일매일, 일하기 전에 시동을 걸 듯 이 작업을 먼저 한다.

보통 신간이 한 권 올라오면 표지와 약 30페이지의 본문을 볼 수 있다. 이를 통해 각 책들의 개성과 특성, 스타일 등을 엿볼 수 있다. 유달리 좋은 디자인이나 제목, 편집 등이 보이면 나의 작업에도 언제든 적용할 수 있도록 적어둔다. 서지 정보 등으로 완벽하진 않아도 책의 물성을 어느 정도 추측해볼 수 있고 좋은 작업물은 나중에 오프라인 서점에서 확인한다. 요즘은 신간에도 광고성 카드뉴스나 상세 페이지 이미지*가 같이 업로드되는 경우가 많아 책을 선택할 때 많은 도움을 준다. 그런 것 중에서도 배울 것이 있다면 또 체크해놓는다.

마지막으로 보는 것은 자사의 신간들이다. SCM을 통해 들어갈 수도 있지만 그렇게까진 하지 않고 신간에서 구간 순서로 둘러보는데, 만약 신간의 세일즈포인트가 기존과 다르게 빠르게 올라가고 있다면 미리 중쇄 작

---

* 서점에서 독자에게 제공하는데, 주로 출판사에서 제작해 전달하면 서점이 업로드하는 방식이다. 책에 대한 정보나 광고를 독자가 보고 쉽게 이해하도록 돕는다.

업을 준비해놓는다. 그러면 며칠 내에 중쇄요청서가 온다. 신기한 일이다.

이렇게 하루를 준비하고 시작하는 루틴을 거치면, 낭비하고 헤매는 시간을 최대한 줄일 수 있다. 그래서 좋은 점은 무엇보다도 정해진 시간에 퇴근할 수 있다는 것이다. 밤낮으로 일만 하는 사람들도 많지만 나는 정확한 시간에 일하고 정해진 시간에 일을 끊는 것을 하루의 목표로 잡는다. 이런 목표를 잡고, 자신만의 방식으로 매일 데이터를 쌓아가다보면 가랑비에 옷 젖듯 서서히 시장 상황이 내 안에 녹아들고 나의 업무 방향도 잡힌다.

사실 이제는 이런 루틴을 지키지 않아도 될 것 같은 기분이 들지만 나의 루틴은 멈추지 않을 것이다. 매일매일 하는 이 별것 아닌 것들이 오늘의 나를 만들고 내일의 나를 만든다고 믿기 때문이다. 하루이틀 멈출 수는 있지만 그렇다고 아예 그만둔다면 순식간에 와르르 무너지는 것은 어쩌면 당연한 일이다. 꾸준하고 성실하게 하루하루를 쌓아가는 것, 그것이 디자이너로 살아가기로 한 내가 스스로에게 매일 주는 미션이다. 오늘도 그 미션을 잘 수행할 수 있도록 열심히 클릭하고 있다.

원고에서
본문 조판까지

조판組版: 원고에 따라서 골라 뽑은 활자를 원고의 지시대로 순서, 행수, 자간, 행간*, 위치 따위를 맞추어 짬. 또는 그런 일**

모든 게 수작업으로 이뤄지는 활판인쇄

---

* 자간은 글자 간 사이, 행간은 글의 줄과 줄 사이를 뜻한다.
**『표준국어대사전』

편집 프로그램을 통해 출판 과정의 간소화를 이룬 DTP 시스템

　　국어사전에서는 조판을 이렇게 정의하고 있다. "맞추어 짬"이라는 단어에서 연식이 느껴진다(목판인쇄나 활판인쇄에서 각 글자를 떼내어 문장 한 줄을 완성하던 시기에 작성된 것으로 보인다). 이런 연관 단어도 있다.

　　전자 출판: 컴퓨터를 이용하여 책의 편집·조판 따위의 제작을 하는 출판.
　　종이에 인쇄하는 방식 대신에 시디롬에 문자와 도형 정보를 기억시켜 독자들에게 제공하는 일*

　　책상 위에서 책을 만들어 내보내는 것, 이른바 DTP

---

* 『표준국어대사전』

(Desktop Publishing)가 현재 책을 만드는 시스템이다. 앞서 말한 퀵, 인디자인, 포토샵 또는 한글 등의 프로그램을 통해 책이라는 형태의 물건을 만들기 위한 첫걸음이 떼어진다.

그러려면 일단 원고가 들어와야 한다. 편집자의 손을 거친 1차 원고가 들어오면 디자이너는 원고의 내용과 세부 스타일 등을 검토한 후 담당 편집자와 방향을 논의한다. 이미 회사 안에 세부적인 매뉴얼이 있는 경우가 아니라면 이 과정은 굉장히 중요하다. 내가 원고를 검토하면서 받은 인상을 편집자에게 말해주면 편집자는 이런 방향이라고 수정·보완해준다. 원고를 받은 편집자가 첫번째 독자라면 나는 그 편집자가 가공한 원고의 첫번째 독자가 되는 것이다. 그렇게 의견 교환과 조율의 과정을 잘 거치면 표지 작업을 할 때 수월하기도 하므로 이 과정은 꼭 거친다.

조율 과정을 거친 뒤에 본문 판형 및 시안을 제안한다. 보통 많게는 서너 가지, 적어도 두 가지 이상은 준비한다. 이 과정에서 편집자는 반드시 들어갔으면 하는 것 등을 피드백하고 나는 최대한 반영한다. 최소 두세 번의 수정을 거쳐 본문 시안이 확정된다. 이 안에는 본문 판

```
본문안·1¶
¶
판형:·125*210(양장제본용)¶
판면:·91*172¶
본문·폰트:·을유1945,·10.5pt¶
영문·폰트:·Minion·Pro·R¶
행수:·27줄¶
예상·페이지:·540+images¶
#
```

본문 시안에 써놓는 정보들. 가급적 손으로 쓰지 않고 출력해서 붙인다.

형과 폰트, 폰트 크기, 행간, 자간, 영문 폰트, 한자 폰트, 괄호 스타일, 병기 표시, 인용, 각주, 미주 등을 모두 포함한다. 그리고 실물 사이즈로 잘라 약 30페이지 정도를 스테이플러로 제본한 후 판면* 정보를 따로 적어서 보여준다. 팔랑팔랑 몇 장만 보여줄 수도 있고 테이프로 붙여서 줄 수도 있지만, 제본했을 때의 모양을 최대한 비슷하게 구현하고 싶고, 서체처럼 책을 구성할 때 중요한 정보와 구조가 되는 것을 두루뭉술한 ('조금 더 키우고 조금 더 얇게'와 같은) 표현으로 소통하고 싶지는 않기 때문에 그렇

---

* 版面, printing plate, 책 한 페이지 안에서 글자가 들어가는 면

게 한다.

한 페이지 안에서도 여러 스타일이 섞여 있으므로 최대한 이 스타일들이 부딪히지 않고 조화롭게, 하나의 덩어리로 보이도록 하는 게 디자이너의 일이다. 어떤 이는 본문 조판을 하는 게 뭐가 그리 어렵냐고 이야기하기도 하지만 난 이렇게 생각한다. 결국 책의 핵심은 내용이고, 책 디자인의 정수는 본문이라고. 본문 디자인에 따라 내용을 얼마나 흡수하며 읽을 수 있는지 정해져 있다고 해도 과언이 아니다. 으스스한 호러소설에 귀여운 본문 디자인이 들어간다면 집중해서 읽을 수 있겠는가. 각주가 여러 개 달린 역사책에서 각주가 본문보다 도드라진다면 그 책에 집중할 수 있겠는가. 독자가 긴 시간 동안 자연스럽게 책을 읽으며 저자의 의도를 해치지 않으면서 잘 따라가게 하는 것, 그것은 사실 본문 디자인에 달려 있다.

나는 조판을 하다보면 묘하게 마음이 진정된다. 이것저것 할일도 많고 조용한 듯하지만 은근히 시끌벅적한 출판사생활에서 조판할 때만큼은 조용히 작업 그 자체에 집중한다. HWP* 파일 속 몇만 자의 글자가 인디자인이라는 프로그램을 거쳐 내가 설정해놓은 설정값에 맞춰 일렬종대로 형태를 만들어가는 모습을 보면 한편으론 짜릿하다는 생각이 든다.

'그래! 이 맛에 조판하지!'

*

어떤 것이 좋은 본문 디자인인지에 대해서는 각자 생각이 다르겠지만, 나는 이렇게 생각한다. 책이라는 매체를 가장 잘 살릴 수 있는 방법은 사실 덜어내는 것이라고. 세상이 빠르게 변하고 다양한 매체가 쏟아지고 있지만 독서라는 경험의 본질은 그 누구도 바꿀 수 없다. 그렇기에 핵심에 오롯이 집중할 수 있도록 본문을 디자인하는 게 중요하다. 변화하는 시대를 읽고 따라가는 것도 좋지만, 매체의 성격을 무시하고 무조건 유행을 따라가기보다는 책이라는 매체가 가지고 있는 장점을 극대화하는 것이 더 좋다고 생각한다.

내가 전자책을 좋아하는 이유도 역설적이지만 그 이

---

* Hangul Word Processor, 한글과컴퓨터의 워드 프로그램인 한컴오피스 한글에서 사용하기 위해 만든 기본 포맷의 파일 형식

유와 같다. 전자책은 리더기를 이용하면 많은 것이 생략되고 책의 내용만 남기도 한다. 원고와 내가 일대일로 대화하게 되는 것이다. 검정 잉크와 흰 종이 역할을 하는 화면, 그리고 나. 이것은 어떤 다른 매체가 끼어든다고 해도 뛰어넘을 수 없는 경험이다. 그렇기에 가능하다면 책의 본질에 집중하는 디자인, 욕심을 덜어내는 디자인을 해도 좋지 않을까 하는 게 내 생각이다. 책은 사용하는 사람에 따라 그 무엇도 될 수 있다. 책을 통해 공부를 할 수도 있고 모험을 떠날 수도 있다(영화 〈신비한 동물들과 덤블도어의 비밀〉을 보면 등장인물들이 책의 한 페이지를 태워 가고 싶은 곳으로 가거나 전혀 알 수 없는 곳에 떨어지곤 한다). 가능하면 내용에서 크게 벗어나지 않는 선에서 본문에 집중할 수 있도록 디자인으로 도움을 주면 어떨까. 독자의 독서 동반자나 가이드가 된 것처럼 말이다.

66

본문 완성은
혼자 할 수 없다

99

책을 만드는 일을 한다고 하면 사람들이 보통 떠올리는 것은 표지 작업이다. 책 표지가 얼마큼 눈에 띄고 세련됐냐로 많은 것을 판단한다. 그러나 어떤 의미에서의 성공이든 책이든 표지가 전부가 아니다. 'Don't judge a book by its cover(책은 표지로만 판단할 수 없다. '겉만 보고 판단하지 마세요'라는 의미이다)'라는 격언이 있는 것처럼. 아주 많은 영향을 끼칠 수는 있지만 전부는 아니다. 오히려 책의 전부 또는 정수는 본문이라고 생각한다. 본문에는 단순히 글자만 있는 게 아니라 내용이란 게 있고, 그 속에는 스토리 혹은 역사, 인문, 고찰 등이 있다. 이것들을 저자의 의도를 해치지 않으면서 효과적으로 전달할 수 있는 것은 오로지 본문뿐이다. 그렇기에 책이라는 물성을 생각할 때, '표지 > 본문'보다는 '표지 ≧ 본문' 정도라고만이라도 생각해주면 좋겠다.

본문 완성까지 시간이 어느 정도 걸리는지 물어본다면 경우에 따라 다르다고 말할 수밖에 없다. 책의 내용에 따라 다르고 완성도에 따라 다르다. 그러나 공통된 순서는 있다.

내용을 전체적으로 훑어본 후, 본문 시안을 잡고, 그 안의 스타일을 정리하면서 전체 구조를 짠다(판형, 도수, 중제·소제와 같은 스타일, 폰트, 이미지 배치, 각주나 참고문헌 등의 큰 그림이 여기서 1차로 그려진다). 이후 이를 적용해 조판하고, 필요한 횟수에 따라 수정교를 반영한다. 그사이 표지가 확정되면 표지와의 통일성을 생각해 수정하거나 새로운 스타일을 만들고 추가·변주한다. 이 모든 작업이 완료되면 표지와 함께 마감하며 검판 파일을 받고, 이를 확인하면 최종 인쇄 단계로 넘어갈 수 있다.

편집자에 따라서 원고를 넘기는 스타일이 다 다른데 원고를 날것 그대로 전달하는 경우와 가능한 한 알아보기 편하게 구분해주는 경우로 나뉜다. 이는 편집자의 성향 차이라고 생각하지만 그래도 같이 일하는 사람의 시간과 수고로움을 한번 더 생각해주면 좋지 않을까 싶다.

원고를 구분해서 준다는 것은 각 장, 중제, 소제, 각주 등에 스타일을 매겨놓고, 본문에 세부 스타일이 많다면 (보통 번역서가 그렇다) @이탤릭@, #강조#, $기울기$ 등과 같이 약물을 넣어 디자이너가 구분할 수 있게 해준다는 의미다. 이렇게 되면 인디자인으로 파일이 넘어갈 때 스타일을 적용하기 쉬우며, 편집자도 원고와 조판된 파일을 비교해가며 보기에 편하다.

반면에 이런 구분이 전혀 없는 원고는 디자이너가 조판할 때 원고와 하나씩 비교해서 보아야 하므로 구분해서 줄 때보다 시간이 상당히 오래 걸린다. 드문 일이지만 '나는 아날로그 스타일이야. 컴퓨터보단 종이가 맞지'라며 조판이 완성되면 교정을 시작하거나, 시안이 완료되어 조판중인데 그전에 없던 다른 무언가를 추가하더니 급기야는 판형, 서체를 바꿔서 조판을 서너 번씩 처음부터 다시 시키는 경우도 봤다. 더 좋은 책을 만들기 위한 어쩔 수 없는 일일 수도 있으나 담당 디자이너와 논의해서 진행한다면 충분히 막을 수 있고, 설령 그런 일이 생기더라도 대화로 해결할 수 있는 부분이 있다. 그런데 일방적으로 통보하거나 아무런 설명 없이 "그냥 그렇게 됐어요"라며 넘어가면 그 순간부터 디자이너와의 관계도, 결과물도 틀어지기 일쑤다.

편집자는 디자이너적인 사고를, 디자이너는 편집자적인 사고를 조금씩은 하는 게 좋다고 생각한다. 디자이너에게 편집자적 사고가 부족할 때는 작업에서 그것이 드러난다. 단순히 스킬이 부족해 생기는 오류뿐만이 아니라 책에서 어떤 개성, 구조, 촘촘함도 느껴지지 않는다면 그것은 편집자적 사고가 부족한 결과라 할 수 있다.

편집자의 경우도 디자이너적인 사고가 있느냐 없느냐는 디자이너에게 초기 원고를 전달할 때 어느 정도 드러난다. 하나의 목표를 위해 함께 일을 진행하는 만큼 손발이 맞는 것보다 더 효율적인 일도 없다. 결국은 사람들이 모여서 하는 일이기에 서로 쓸데없는 수고를 하게 만들어 마음 상하는 일은 웬만하면 피하는 게 좋다.

만약 편집자가 날것의 원고를 그냥 토스하거나 디자이너가 원고에 대한 이해 없이 수동적으로 작업한다면 본문 한 군데에서만 충돌이 발생하지는 않는다는 게 경험으로 얻은 내 생각이다. 공동의 목표를 가진 동료이니, '이번 책의 마감'이라는 목표에 다다를 때까지만이라도 사이좋게 으쌰으쌰하며 오래오래 이 일을 즐겁게 하는 게 바람이다. 동료들도 같은 마음 아닐까.

*

캘리그래피*가 한참 유행하고 있을 때, 나도 그 흐름에 뒤처질 수 없다는 생각에 캘리그래피 수업을 들으러 간 적이 있었다. 꽤나 긴 시간의 수업임에도 좀처럼 실력이 늘지 않았고 그렇게 마지막 수강 날이 다가왔다. 선생님께서 조용히 나를 불러 이런 이야기를 하셨다.

"경민님은 디자이너라고 하셨죠? 캘리그래피가 그림처럼 보일 수도 있지만 사실은 글자입니다. 무엇보다도 명료해야 하고, 그 글자들 안에서의 가독성이 중요해요. 캘리그래피라고 해서 무조건 예쁘게 혹은 무조건 글씨를 날려 쓰는 게 아닙니다. 그 안에서 글자의 내용을

---

* calligraphy, 손으로 그린 문자라는 뜻으로, 글씨를 아름답게 쓰는 기술이다. 현재 한국에서 통용되는 캘리그래피의 형태는 영화 〈죽거나 혹은 나쁘거나〉의 포스터에 사용된 이후로 크게 유행하게 됐다. 2006년에 출간된 『행복한 이기주의자』의 표지에 캘리그래피가 사용된 후 출판계에서도 큰 유행의 흐름을 이끌어갔다.

오해 없게 잘 전달해야 해요. 경민님은 붓이라는 도구를 다루는 데는 약할 수도 있어요. 그런데 캘리그래퍼만 존재하는 건 아니지요. 캘리그래피를 잘 보고 잘 다듬어주는 사람이 필요해요. 저는 경민님이 디자이너로서 그런 역할을 잘할 수 있으면 좋겠어요."

아무리 잘 알고 있다고 생각해도, 잘 전달한다고 생각해도 잘 전달되지 않는 부분이 있다. 열심히 공부해도 따라갈 수 없는 어떤 경지도 있다고 생각한다. 그럴 때마다 '난 안 되겠어'라고 좌절하거나 '그럼 내 맘대로 하지' 하고 과용을 부리기보단 내가 가진 것 안에서 잘 보는 법을 배워야 한다.

이런 말을 하는 이유는 편집자와 디자이너 간의 의견 차이라고 생각했던 게, 곰곰이 생각해보면 의견 차이보다는 소통의 문제였던 적이 많았기 때문이다. 서로 같은 말을 하고 있다고 착각하고, 때론 다른 말을 하고 있다고 착각한다. 서로의 영역에서 잘 살펴보고 진실하게 대화를 나누는 방법을 알아간다면 누구보다도 눈부신 성장을 함께할 수 있다고 믿는다.

어떤 이는 큰일을 해내면 크게 성장할 수 있다고 말하지만 때론 스텝 바이 스텝, 한 걸음, 한 계단씩 오르는 일도 그것 못지않게 큰 성장을 이룰 수 있다. 책을 만드는 일도 그렇다. 아무리 책을 많이 읽고 사수에게 지도를 받는다 해도 경험하지 않으면 모르는 어떤 것들이 책을 만드는 과정 구석구석에 숨어 있다. 그런 것들이 하나씩 튀어나와 실수가 되고, 또 그런 실수를 한 자신을 자책하게 되는데 이 또한 자연스러운 과정이고 앞서 말한 스텝을 밟아가는 것이라고 생각하면 언젠가는 멋진 출판인이 되어 있을 것이다. 그러니 실수하더라도 혹은 만족스럽지 못한 부분이 있더라도 서로를 믿으며 함께하는 동료가 됐으면 좋겠다. 나 또한 그런 사람이 되고 싶다.

본문 디자인은
가상선의 세계

앞에서도 말했듯이 출판 용어에는 일본어가 많다. 그중에 '하시라'라는 것이 있다. '柱'자를 쓰고 '버티다, 기둥'이라는 뜻을 가지고 있는 이 하시라는 책의 가장 아래에 페이지 번호가 있는 공간으로 각 장의 정보를 포함한다. 기둥이라는 뜻에 맞게 책의 중심을 잡아주는 역할을 하기도 한다.

본문은 책을 구성하는 그 자체임에도 표지에 비해 과소평가되는 경향이 있는 게 사실이다. 본문은 어떻게든 읽으면 된다고 생각할 수도 있지만 앞서 말했듯이 본문이 곧 책이고 책이 곧 본문이다. 본문 디자인은 그 흐름을 자연스럽게 따라가게 만들 수도 있고 때로는 망칠 수도 있다.

이제껏 '본문' 디자인을 하면서 저자에게 클레임 같

은 피드백을 받은 적이 딱 한 번 있다. 여느 때와 똑같이 작업했고 다소 번잡스럽지만 담고자 하는 정보가 많으니 어쩔 수 없다고 생각했었다. 그러나 '똑같이' 한 것이 문제였다. 건축가였던 저자의 클레임은 이러했다. "저는 기둥을 중요하게 생각하는 사람입니다. 이건 책에도 어쩔 수 없이 똑같이 적용될 것 같아요." 대략 이런 말이었던 것으로 기억한다.

충격!
이분은 본인도 모르게 '가상선*'과 '하시라'의 존재를 언급했다.

본문에는 여러 스타일이 존재한다. 대략 생각해봐도 장, 중제, 소제, 소소제(소제보다 하위 목록), 각주, 본문, 인용, 이미지, 캡션 등. 그런데 이 모든 것의 존재가 적당히 눈에 띄면서도 도드라지지 않으려면 가상선의 사용은 필수다. 눈에 보이지 않는 규칙을 심어놓으면서도 독자들에게 이 규칙을 암시하면, 독자들은 규칙에 따라

---

* 일관성을 유지하기 위해 화면 안에 상정하는 상상의 선

보이지 않는 가상선을 얼마나 꼼꼼히 배치하느냐에 따라 본문의 가독성과 퀄리티가 달라진다. 이미지 안에서도 가급적 각도를 맞춰 그 일관성을 유지한다.

책을 읽는다. 독서에 방해되지 않을수록 좋은 디자인이다. 굉장히 많은 정돈과 정렬이 필요하고 그렇기에 보기에 따라선 심플해 보일 수 있다. 그 존재를 인지하지 못할수록 역설적으로 좋은 디자인일 수 있다는 것이다.

앞의 사례에서 나는 저자의 말을 듣고 처음부터 다시 생각해 작업했다. 정보가 많아도 최대한 정돈되게 만들고 그 안에 규칙을 만들자는 큰 원칙을 세웠고 이미지부터 정리하기 시작했다. 보통 저자들이 제공하는 이미지는 직접 찍은 사진이 많기 때문에 정돈되지 않은 이미지가 많다. 그래서 사진 안에서도 최대한 각을 살렸다. 사진 안에 각을 살리는 것만으로도 본문의 가상선과 어우러지게 할 수 있었다. 그리고 저자의 의도와 글에 맞게 트리밍(또는 크로핑)*했다. 이러면 알게 모르게 독자에게 저자의 의도를 더 정확히 전달할 수 있게 된다. 이런 경험을 통해 나는 본문 디자인을 다시 생각하게 됐다.

역설적이게도 디자인이 눈에 띄지 않고 본문이 부각되는 순간이 있다. 그 순간을 기다려보면 어떨까.

---

* trimming·cropping, 구도를 일부 재조정하거나 불필요한 부분을 제거하는 작업. 독자의 시선이 다른 곳으로 가지 않고 의도된 정보를 정확히 인지·이해할 수 있도록 도움을 준다. 물론 저자의 확인을 받는 것은 필수다.

"
수정!
수정!! 수정!!!

"

디자이너로서, 특히나 출판사 인하우스 디자이너로서 정체성을 확립하려면 무조건 편집자적인 마인드가 필요하다고 생각했다. 원고라는 것이 편집을 거쳐 책으로 완성되니 이 모든 것을 진두지휘하는 사람은 담당 편집자이기에 그 특수성을 이해하지 못한다면, 정말 1차원적인 디자이너 또는 조수 정도밖에 될 수 없을 것이다. 그런데 편집자의 일을 그렇게 오랜 시간 봐왔음에도 잘 모르겠다. 그들 나름의 수정의 수정을 말이다. 보통 일정표를 보면 원고 입고 후, 1차 화면교정, 저자 또는 역자교정, 그다음 본문 조판으로 넘어오고, 그렇게 1차 조판이 된 원고를 약 2~3번 정도 저자와 역자, 그리고 편집자가 의견을 나눠가며 수정하는 것 같다. 일단 일정표만 보면 그렇게 보인다.

하지만 수정의 과정이 결코 단순하지 않다. 흐름과 맥락, 강조할 부분과 주제를 확실히 드러내기 위해서 편집자들은 늘 자신과의 싸움을 하고 있는 것 같다. 사실 출판사처럼 조용한 곳도 드물지만 다들 속으로는 시끄럽게 무언가를 보고, 찾고, 고친다. 뚝딱뚝딱.

한번은 한국계 미국인이 쓴 소설의 디자인을 맡은 적이 있었다. 원서는 현지에서 꽤나 관심을 받은 그야말로 나쁘지 않은 원고였다. 그런데 그 묘사가 말도 안 되게 한국의 현실과 달랐다. 원고가 엉망이라기보다는 저자의 한국에 대한 이해가 부족한 것으로 보였는데 그 간극을 메우기 위해 엄청난 미사여구와 묘사를 동원했다. 스스로도 잘 모르기에 그랬을 것이다……라고 추측해본다. 이 원고를 받은 편집자는 고통 속에서 원고를 고쳤다. 정말 고쳤다는 표현이 맞다. 뚝딱뚝딱. 1교가 조판된 상태를 본 나로서는 과연 저 글이 어떻게 변모할까, 저 고뇌의 한숨 속에서 어떤 글이 될까 궁금했다.

편집자가 1차로 고친 교정지를 받고 나는 할말을 잃었다. 본문을 프린트한 종이에 까만 글씨보다 빨간 글씨가 더 많았다. 평소 나한테 불만이 있었나 하는 의문이

수정교의 모습. 편집자뿐만 아니라 저자, 역자 또는 외주자가 함께 수정교를 진행한다. 한 권의 책을 만드는 데는 이렇듯 여러 사람의 공력이 필요하다.

들 정도였다. 한 글자 한 글자 수정을 반영했다. 수정을 반영할 때 보통 텍스트 상자*가 출렁이듯 움직이지는 않는데 출렁이는 모습을 목격했다. 그렇게 완성된 (디자이너인 나의 기준으로) 2교. 완전히 다른 원고가 탄생했다. 수정된 문장 하나하나가 아름답다는 생각이 들 정도였다. 아, 이런 의미였구나. 편집자의 깊은 고뇌가 드디어 빛을 발했다. 여기서 멈춰도 된다고 생각했는데, 편집자

---

* 인디자인에서는 상자를 그려놓으면 이미지든 텍스트든 상관없이 불러올 수 있다. 퀵에는 그림 상자와 텍스트 상자가 따로 있었던 것에 비해 편리해졌다. 이 상자 안에 원고를 불러오면 설정에 맞춰 글이 정렬되는데, 이를 조판이라 한다. 이렇게 텍스트를 채워 조판하면 그 안에 몇 개의 글줄이 형성되는데, 수정이 많을 경우 글줄들이 출렁이는 것처럼 보인다.

는 이런 수정을 두세 번은 더 한 것 같다.

　편집자의 그 깊은 고뇌에도 이 책은 많이 팔리지 못했다. 그럼에도 이 원고를 다른 편집자가 맡았다면 어떤 책이 되었을지 상상하기 어렵다. 이 아름다운 글이 한글이라는 조금 다른 옷을 입고 어정쩡하게 존재하고 있었다면 편집자는 이 글을 아끼고 잘 다듬어 제 모습을 갖추게 해주었다. 책도 사람도 인연이 있다면 이 둘은 필연이었다고 생각할 만큼 멋지고 좋은 인연이었다. 그 과정을 함께해 고단했지만 그래도 좋았던 기억으로 남아 있다.

　— 위의 사례는 아주 극단적인 것으로, 실제로 편집자들이 이렇게까지 원고를 '뜯어고치는 일'은 드물다. 위에 언급된 편집자도 평소에는 그러지 않았으며, 위의 사례는 정말 특이한 경우였다. 원고에 손을 많이 댐으로써 저자가 전달하고자 하는 의미는 오히려 더 확실하게 전달되었다는 게 기억에 남는 경험이었다. 이것은 언어와 문화의 차이가 있었지만 그것의 균형을 잘 조절해준 편집자 덕분이라고 생각한다.

하늘 아래 똑같은 종이도
똑같은 미색도 없다

'책'을 가장 '책'답게 만들 수 있는 것. '책'이라는 이름을 붙일 수 있는 가장 큰 특징. 바로 종이다. 지금은 종이책, 전자책, 오디오북 등 여러 종류가 있지만 출판의 메인은 뭐니뭐니해도 종이책이다. 환경과 공간(부동산)을 생각하지 말고 이 세 종류의 책 중에 하나만 고르라면 그것 역시 종이책이다. 종이가 있었기에 책이 존재할 수 있었고 그에 따른 파생 상품들(전자책, 오디오북)도 생겨날 수 있었다. 게다가 종이책이 주는 정서적 안정감은 이미 검증돼 있다.

그렇기에 책을 만들 때 종이 선정은 굉장히 중요한 단계다. 종이는 보통 마감하기 전에 결정되는데, '어떻게 하면 책 표지를 더 돋보이게 할 수 있을까' '어떻게 하면 500페이지가 넘는 책이라도 가볍게 들고 다닐 수 있을까' 등을 생각하면서 고른다. 그 과정에서 여러 가지 시도를 해보게 되는데 괜찮은지 확인해보는 방법 중 하나가 교정인쇄(교정쇄, 인쇄교정)이다. 실제와 가장 가깝게 인쇄소의 인쇄기를 이용해 테스트로 인쇄해보는 작업이다. 때에 따라선 본문의 모든 페이지를 테스트해보는 경우도 있지만, 보통은 필요한 경우에 필요한 페이지만 추려 테스트하는 게 비용을 줄이면서 실수도 줄일 수 있는 선택지여서 그렇게 진행한다. 표지는 색을 선정하거나 시안을 고를 때 여러 종으로 내보기도 하지만 인쇄소에 큰 부담을 줄 수 있으므로 최소한으로 진행한다. 이 과정에서 버려지는 종이도, 시간도 만만치 않기 때문이다. 색 캘리브레이션*을 철저히 한다면 생략할 수도 있는 단계지만 현실상 쉽지 않기에 보통 인쇄교정을 본다.

표지는 디자인에 따라서 종이의 선택 폭이 매우 넓다고 할 수 있다. 그 과정에서 코팅이 생략되기도 하고 추가되기도 한다. 선택의 폭도 넓고 그만큼 챙겨야 할 것이 많다. 본문은 이미지의 유무, 원고의 분량, 편의성

---

* calibration, 계기나 측정기를 표준값을 측정해 비교함으로써 보정하는 것 또는 오차를 구하는 것

등을 고려하여 종이를 선택한다. 책을 만들 때 주로 선택되는 종이로 미색 모조지*, 클라우드^{cloud}지**, 라이트 ^{light}지*** / MFC† / 아트^{art}지†† , 스노우화이트^{snow white}지

---

* 모조지라고 불리지만 인쇄 업계에서 사용하는 정식 명칭은 백상지이다. 1878년 파리 만국박람회에 출품한 종이인 일본 모조지가 그 유래이다. 모방한 종이를 뜻하는 말이지만, 일본의 큐슈제지에서 종이에 광택을 내는 등 개량을 하고 대중화했다는 점에서 단순 모방이라고 보기는 어렵고 관용어처럼 굳어진 상태다. 가성비가 좋아 각종 서적에 가장 많이 쓰는 종이 중 하나다. 아트지나 스노우지에 비해 번들거림이 없고 무게가 가볍다. 백색(白色) 모조와 미색(米色) 모조 두 가지로 구분되며, 백색 모조는 복사용지와 같이 펄프가 많이 들어간 흰색 종이로 리플릿이나 페이지가 적은 책자 및 홍보용으로 사용되고, 미색 모조는 연한 미색이 들어간 용지로 백색 모조에 비해 눈의 피로감이 덜하기 때문에 소설이나 만화책 등 장시간 보게 되는 서적류에 많이 사용된다.

** 구름처럼 가볍고 부드럽다고 하여 클라우드지이다. 모조지와 같은 평량을 갖고 있지만 가볍고, 경제적인 가격으로 모조지의 대안으로 많이 쓰인다.

*** 그야말로 가볍다는 뜻이다. 모조지에 비해 지분(종잇가루)이 많고 종이 질감도 좀더 거칠기 때문에 컬러 인쇄시 모조지만큼 선명하고 깨끗한 느낌이 들지 않는다. 평량 기준도 모조지보다 두껍다.

† 미량도공지. 'Machine Finished Coated'의 약자로 약간의 광택이 도는 종이이다. 미량의 코팅 처리로 백상지보다 인쇄시 색상 표현력이 더 좋다. 더엠매트, 뉴플러스, 네오스타S플러스, 하이프리, 하이플러스 등이 있다.

†† 광택이 있는 용지 중 가장 많이 사용되는 순백색의 용지. 종이 표면이 매끄럽고 광택이 많아 색상이 선명하고 돋보이게 인쇄되는 것이 특징이다. 색상 표현이 우수하고 경제성이 매우 높다.

(이하 스노우지)* 등이 있다.

본문에 가장 많이 쓰이는 종이는 미색·백색 모조지이고, 이보다 가볍게 만들고 싶으면 클라우드지, 더 가벼운 걸 원한다면 라이트지를 사용한다. 라이트지는 가볍긴 하지만 그만큼 변색이 쉬우므로 선택에 참고해야 한다. 그린라이트를 대안으로 쓰긴 하지만 이것도 일반 모조지보다는 쉽게 변색된다.

모조지와 클라우드지는 일반 정보성 이미지를 실을 경우에는 무난하게 쓸 수 있지만 고퀄리티의 이미지를 다룬다면 이야기는 달라진다. 이럴 때는 이미지가 곱게 인쇄될 수 있는 MFC류를 사용한다. MFC류는 주로 화보집이나 사진집에 사용되는데, 본문의 분량이 많다면 단가가 꽤 나갈 것이므로 사전 단계에서 조율해야 한다.

아트지와 스노우지는 역사가 오래된 종이이다. 사실 예전에는 아트지와 스노우지로 표지 인쇄도 많이 했지만 지금은 특유의 반짝이는 느낌 때문인지 표지에는 잘

---

* 예전에는 표지와 띠지에 아트지와 함께 가장 많이 사용됐다. 아트지와의 차이점은 질감과 광택으로, 아트지에 비해 광택은 없지만 그 은은함이 오히려 아트지보다 더 고급스럽게 표현된다. 탄성이 좋기 때문에 같은 평량의 경우 아트지보다 더 탄탄하고 두꺼운 느낌을 준다.

쓰이지 않고(그렇다고 종이가 우수하지 않은 것은 절대 아니다), 띠지나 본문 용지로 가끔 사용된다. 반짝이는 느낌이 유광으로 진행하는 띠지 용지에는 오히려 적합하다.

이렇게 종이의 특성을 알아가는 것도 시간이 필요하다. 이미 많은 책이 존재하고 그것들을 따르면 될 것 같지만, 한 번 실수하면 큰 비용이 들어가고 시간도 많이 소요된다. 종이 선정은 책을 만듦에 있어 기본 중의 기본이자 가장 중요한 단계라고 할 수 있다. (종이)책이 곧 종이이기도 하기 때문이다. 그렇기에 종이도, 그 종이가 적용된 책도 최대한 많이 보고 많이 느끼기를 권한다.

— 표지에 고급 용지나 광목천, 가죽 등을 쓰고 싶을 때도 있을 것이다. 하지만 제작 단가상 어려운 경우가 많다(나도 광목천으로 표지를 제작한 적은 딱 한 번 있었다). 그럴 때는 아쉬운 대로 해당 종이를 스캔하거나 비슷한 느낌의 이미지를 찾아 배경 이미지로 깔아놓고 질감 있는 종이에 인쇄하는 식으로 작업한다. 여기에 코팅 등의 후가공으로 약간의 멋을 더해주면 완벽하지는 않아도 그 느낌을 살릴 수 있다. 살릴 수 있으면 뭐라도 한 번쯤은 해보는 것, 이런, 저런, 그런 경험도 쌓아보는 것이 중요하다.

기획서 작성 방향에 따라『제목 결정기』와
『표지 연대기』를 막을 수도 있다

제목과 표지, 이 두 가지를 따로 떼어놓고 생각할 수 있을까. 한 편집자가 나에게 이런 말을 한 적이 있다. "책의 제목은 사실 기획 단계에서, 기획서에서 다 완성된다고 할 수 있어요. 기획서에서 명료하게 정리되지 않으면, 편집 단계에서도 뭔가 술술 풀리지 않더라고요. 이건 또 표지에 영향을 미치고요. 그래서 기획서를 쓸 때는 신중히, 콘셉트의 큰 그림을 잡고 간다는 생각으로 써야 해요."

그렇다. 표지 디자인을 하다보면 유난히 결과물이 잘 나올 때도, 안 나올 때도 있다. 여기서 잘 나온다, 안 나온다는 너무 주관적인 것일 수 있고, 그 과정에서의 여러 가지 장애물들을 고려해도 그렇게밖에는 표현이 안 된다. 물론 기획서에 다 담을 수 없는 큰 그릇의 무언가를 지닌 원고도 있고, 또 그것이 기획서가 아닌 편집 과정에서 서서히 빛을 찾아가는 경우도 있다. 그러나 내가 그동안 경험한 바에 의하면 이 편집자의 말은 굉장히 신빙성이 있다.

기획 당사자가 편집을 맡는 경우도 있지만 아닌 경우도 있다. 아닌 경우에 편집자가 기획자와 저자의 의도를 확실히 파악하려면 콘셉트가 분명해야 하고 그 콘셉트를 잘 소화해 디자이너에게 잘 전달해주어야 한다. 그런 중요한 역할을 할 가이드가 기획서인 것이다.

이런 과정을 소홀히 하고 일정에 치여서 또는 하다 보면 어떻게 되겠지, 누군가는 길을 알려주겠지 하고 서로 역할을 미루다보면 결과적으로 제목도 표지도 산으로 가는 경우가 많다. 한 디자이너 선배는 "오늘은 시안을 30개 만들었어. 이렇게 계속 만들다가는 이 책 표지 하나로 책을 만들겠네"라고 할 정도였다. 표지 시안을 여럿 잡는 것은 최종의 최종까지 힘내서 최선의 결과물을 내려는 노력일 수도 있으나, 때론 너무 지난하고 반복되며, 수정을 위한 수정, 열받음의 다른 표현이 되는 경우도 있다. 하나의 시안을 복제하듯 여러 방식으로 보여주는 방법은 많기 때문이다. 서체를 바꾸거나, 색을 바꾸거나, 이미지를 바꾸거나, 때론 아무것도 안 하는 방식으로 말이다. 이건 제목에도 그대로 적용될 수 있다.

최고를 위한 최선의 노력은 때로는 책을 엉뚱하게 만들 수 있다. 사실 우리 모두 느끼고 있지 않은가. 이게 아닌데… 이 표지는 아닌 것 같은데… 이 색은 정말 아닌데……. 책을 만드는 사람을 위해서도 책을 읽는 사람을 위해서도, 늘 최고의 결과를 낳을 수는 없겠지만 그래도 힘줄 때 주고 뺄 때 빼자. 기획서는 결코 가벼운 문서가 아니다. 몇 달을 함께할 작업의 길을 알려주는 지도이기도 하지만, 잘못하면 『제목 결정기』, 『표지 연대기』라는 또다른 책 한 권 분량의 스토리를 만들 수도 있기 때문이다.

그런데 어쩌면 이 책도 그런 경험에서 나온 것은 아닐까 생각하니 그 또한 나쁘지만은 않은 경험이었나보다. 역시 인생에서는 쓸데없는 경험도, 책도 없다.

표지를 만드는 데
들어가는 시간은?

많은 사람이 궁금해하는 것 중의 하나일 것이다. 본문과 표지를 같이 진행한다는 가정하에 표지 작업은 1차까지 10일 정도 걸리는 게 보통이다. 기존의 원고를 품에 안고 이렇게 저렇게 수정하는 과정까지 겪고 충분한 논의와 의견 교환 끝에 나오는 기간이 그렇다는 것이다. 물론 경우에 따라 이보다 훨씬 길게 또는 훨씬 짧게 걸리는 경우도 많다. 나의 경우 가장 짧았던 작업 기간은 3시간이다. 그러나 거기에는 단서가 하나 붙는다. 약 10일간의 고생 끝에.

그 책은 다소 마니아층을 겨냥한 책이었다. 충성 독자가 있던 저자를 소재로 한 책이었는데, 책의 특성상 내용 또한 마니악한 점이 많았다. 그래서 당연히 예상 독자들도 그에 따를 것이라 스스로 생각했었던 것 같다.

1차 표지 시안이 나오고, 담당자의 깊은 침묵이 있었다. 고심 끝에 표지를 고를까 말까 하는 표정이 얼핏 엿보였다. 이때는 결단을 내려야 한다. 누가 먼저 말할 것인가.

침묵을 깨고 내가 먼저 말을 꺼냈다. "다시 한번 해보겠습니다." 기다렸다는 듯이 "그래요. 그럼 다시 한번만 보는 걸로 해요"라고 담당자가 응했다. 그런데 같은 팀의 동료가 이런 말을 했다. "그런데 이 책은 서정적으로 가기로 한 거 아니었어요?"

'응? 서.정.적??'

이 책이 그저 마니악하다고만 생각했던 나에게 큰 충격을 주는 말이었다. 서정적. 이 책을 작업하면서 한번도 생각한 적 없는 단어였다. 그저 내 머릿속에 작가의 얼굴만 어른거릴 뿐이었던 지난날이 생각났다. 서정적, 서정적……. 나는 다시 생각하기 시작했다. 회의가 끝난 다음, 하룻밤을 다시 서치하고 생각하고.

다음날 아침부터 다시 작업에 들어갔다. 그때부터는 손이 움직이는 대로 따라갔다는 표현이 적합할 것 같다. 그렇게 시안을 완전히 다르게 만들어서 담당자에게 보여줬다. 단 하나의 시안만. 담당자는 이걸로 가면 되겠다고 했다.

이 책은 출간되고 서점에 입고되자마자 A 서점에서 '편집장의 선택'에 선정되고 하루 만에 1만 세일즈포인트를 찍었다. 그리고 바로 2쇄를 찍었다. 하지만 거기까지. 그후의 판매는 전무했다. 사실 마니악한 책이 맞았고 살 사람만 살 책이었지만 그럼에도 단시간에 1만 포인트를 찍을 수 있었던 것은 표지의 덕이 조금은 있지 않았을까 하는 소심한 생각을 해본다. 몇 안 되는 나의 포트폴리오 중에 가장 애정하는 작업이었고 배운 것도 많았다. 이 책 덕분에 굿즈도 서점별로 여러 가지를 만들어볼 수 있었다. 지금도 이 작업을 다시 해볼 수 있게 기회를 준 담당자와 단서를 준 동료 편집자에게 감사한 마음을 가지고 있다.

스스로 작업물이 애매하다는 생각이 들 때는 용기를 내어 말해보자.

"다시 해볼게요. 그 대신 이야기를 해보고 싶어요."

**띠지 소설은
안 돼요!**

우리집에는 세 명이 살고 있는데 책은 너무 많다. 작은 도서관을 차려도 될 정도로 많다. 구성원의 취향도 다양하고 신상(?)을 너무 좋아해서 맨날 책이 배달된다. 그러다보니 주기적으로 중고서점에 책을 팔고 있는데 그럴 때마다 움찔하는 순간이 있다. 한 중고서점에서는 책 매입을 하면서 띠지는 항상 버린다. 책 속에 꽂는 것도 아니고 그냥 버린다. 주변에 띠지를 주로 어디에 쓰느냐고 물어보면 책갈피로 쓰거나 거의 버린다고 한다.

아…… 띠지 문구 하나에 얼마나 많은 문장이 압축돼 있는지 아는 나로서는 가슴 아픈 순간이 아닐 수 없다. 나는 이 띠지에 어떤 종이를 쓸지 어떤 코팅을 할 것인지로 담당 편집자와 백분토론도 할 수 있다. 그리고 어떤 때는 표지에 못 쓰는 종이를 아쉬운 맘에 띠지에 쓰는 경우도 있다. 종이가 너무 비싸거나 특수지라 종이 출고량이 얼마 없어서 못 쓰는 경우 등등인데, 띠지는 표지보다 종이가 적게 들어가고 2쇄에는 아예 종이가 변경되는 일도 자주 있기 때문에 이렇게라도 실험해보곤 한다. 편집자도 디자이너도 띠지 작업을 할 정도가 되면 거의 마무리 작업을 할 때인데, 이때는 두 사람 모두 집중력이 최고조에 이른 때라 어떻게 하면 더 잘 만들 수 있을까 고민하는 시기기도 하다.

책이 인터넷 서점에서 보이는 모습이나 오프라인 서점에 놓였을 때를 생각하면, 나는 가능하면 간결한 한 줄의 표현과 강렬한 색 또는 표지와 어우러지면서 글자만 돋보이는 디자인을 추천해주지만 담당 편집자의 생각은 나와 다른 것 같다. '어떻게 하면 독자들에게 한 줄이라도! 한 글자라도! 어필할 수 있을까? 닿을 수 있을까?'를 고민하는 것 같다. 애초에 전하고자 하는 그림이 디자이너인 나와는 다른 것이다.

그렇기에 대부분 아주아주 많은 글을 들고 온다. "이거 어떻게 넣을 수 없나요?" "하나만, 한 글자만 더" 하다 보면 띠지가 넘치고 넘쳐 띠지 소설(?)이 되어버린다. 그럼 나는 "이렇게 하면 볼 사람도 안 봐요. 좀 덜어내보

찢긴 채 배송 온 띠지. 교환할 것인가, 그냥 볼 것인가. 나는 재밌는 에피소드 정도로 여기고 그냥 보지만, 일반 독자 입장에서는 불량품이라 생각될 수 있다.

세요"라고 말하지만 편집자 입장에서는 포기하기 어려운 것 같다.

독자들에게는 하나의 정보, 중고서점에서는 버려지는 것, 어떤 이에게는 책갈피. 띠지는 다양한 용도로 쓰이겠지만 담당 편집자와 디자이너에게는 함께 머리를 맞대 나온, 책 표지만큼은 아니어도 그에 못지않은 소중한 존재이다. 그러니 독자님들, 띠지를 버리기 전에 한번 봐주시고 이왕이면 버리지 말고 책 어딘가에 꽂아주세요. 혹시 아나요? 나중에 보면 또 좋은 문구가 숨어 있을지도 몰라요.

"
라이트박스 밑에 교정지 끼우고
검판 보던 시절도 있었다

"

또 라떼가 등장한다. 그건 바로 라이트박스*. 직접 만들기도 했고 구입하기도 했던 것 같다. 지금은 마감하게 되면 인쇄소에 어떤 형식으로 보내줬든(그게 만약 퀵이라고 할지라도) 무조건 PDF 교정을 보고 CTP**판을 바로 뜬 뒤 본인쇄에 들어간다. 하지만 그 예전 라떼 시절의 작업 과정은 이랬다.

---

* light box, 주로 만화에서 원화에 초고지를 덧대어 그리거나 수정할 때 사용하는 작업 도구. 경사진 사각 틀 안에 빛을 투과하여 원화를 비춰 볼 수 있게 되어 있다. CTP 작업이 자리잡기 전에는 꼭 필름 교정, 검수를 봐야 했는데 이때는 라이트박스(혹은 라이트테이블) 위에서 진행했다.
** Computer To Plate, 컴퓨터에서 직접 인쇄판을 만들어서 뽑아내는 것을 의미한다. DTP에서는 일반적으로 컴퓨터에서 필름 출력, 필름 출력에서 인쇄판 출력의 과정을 거쳤으나 CTP에서는 이러한 필름 작업을 생략하고 직접 인쇄판을 뽑을 수 있다. 국내의 대표적인 출판 인쇄소인 영신사 인스타그램에 들어가면 인쇄 관련 사진과 영상 등 많은 정보를 얻을 수 있다.

CTP판이 뽑히는 모습. 기존의 인쇄 과정을 많이 생략해서 설비·보관 장소가 따로 필요 없고 기존보다 더 정확한 디지털 데이터를 반영할 수 있다.

작업물을 한데 모아 압축한 뒤 보낸다 → 출력실*에 간다 → 출력실에서 내가 가져간 파일과 작업물이 똑같이 보이는지 확인한다 → 필름 출력 → 필름이 출력되면 라이트박스로 가져가서 종이 한 장 한 장 대조해가면서, 때로는 종이를 깔고 그 위에 필름을 올려서 교정을 본다. 이 과정에서 수정이 나오면 반영해서 그 부분의 필름만 교체해달라고 출력실에 요청하거나 전체 수정이 필요할 경우 뽑은 필름을 '모두' 폐기한다 → 교정이 끝

---

* 인쇄와 필름 출력을 담당하는 업체가 나뉘어 있을 때가 있었다. 그래서 거래처의 상황에 따라 검판을 인쇄소에서 보기도 출력실에서 보기도 했다.

나면 출력실로 보내 소부를 한다 → 본인쇄 시작

앞에서 밑줄 친 한 문장, '무조건 PDF 교정을 보고 CTP판을 바로 뜬 뒤 본인쇄에 들어간다'가 위와 같은 작업을 거쳐야만 했다. 그만큼 느렸고 수정 반영도 어려웠다. PDF가 아니었으니 당연히 검색 기능도 없었고 열심히 확인해도 놓치는 게 분명 많았을 테다. 돌이킬 수 없는 실수는 못 본 척 넘어간 순간도 있었을 것이다.

하지만 사진식자* 시절이나 직접 글자판을 뽑아 조판하던 시절에 비하면 편하다고 볼 수 있다. 시간이 지나 'PDF로 교정보던 시절이 있었어!'라고 말할 날이 올지도 모르겠다. 그렇지만 책을 마감하고 확인하는 작업 자체가 사라지지는 않을 것이다. 어떻게 변화하든 그 즐거운 작업을 오래오래 하고 싶다. 그럴 수 있을까. 지금처럼 '라떼는 이런 것도 있었고 저런 것도 있었어. 게다가 마감하는 일 자체도 편하지 않았지만 말이야'하면서 말이다.

---

* 寫眞植字, phototype setting, 사진 기술을 이용한 조판 방식. 글꼴 모양의 사진 네거티브 판을 사진식자기에 걸고 한 글자씩 암통 안에 들어 있는 인화지에 감광시켜 조판한다. 목판·석판인쇄를 거쳐 오프셋인쇄가 도입된 후 DTP 시스템이 자리잡기 전까지 주로 사용됐다.

"

아무리 편리해도
사람 손은 꼭 필요하다

"

인디자인은 기존의 책 편집 프로그램뿐만 아니라 형제 프로그램인 포토샵과 일러스트의 거의 모든 기능을 똑같이 쓸 수 있다는 장점이 있다. 그래서 유료 프로그램임에도 빠르게 편집 디자인계를 평정해나갔다. 이 프로그램이 얼마나 편리한지를 정말 간단히만 말하자면,

1. 마스터페이지*와 스타일을 잡아놓으면 거의 모든 것이 한 번에 움직인다. 그럼에도 검색과 변경이 가능하다.

2. 기존 포토샵이나 일러스트 기능도 똑같이 쓸 수 있고, 두 프로그램에서 바로 파일을 가져올 수도

---

* master page, 문서 편집 프로그램에서 출력할 페이지의 공통 요소들을 미리 설정해두고 출력시 변경되는 데이터만 삽입하여 출력하는 페이지

있다.

3. 약간의 과정만 거치면 기존 원고의 각주를 그대로 가져올 수 있고, 그 각주를 한꺼번에 미주로도, 다시 각주로도 가져올 수 있다.

4. 표를 일일이 그리지 않아도 된다. 숫자만 입력하면 자동으로 뜨고, 원고상의 표를 그대로 가져올 수도 있다.

5. 시리즈를 한 번에 수정할 수 있다. '책'이라는 기능을 쓰면 여러 권의 설정을 한꺼번에 수정할 수 있다.

6. 차례와 페이지 번호를 자동으로 불러올 수 있고, 수정 사항에 따라 업데이트도 가능하다.

7. 하시라에 장제, 소제 같은 정보를 자동으로 불러와 준다.

8. 자동 색인을 할 수 있다.

꼼꼼하게 설정해놓는다면 사람은 정보가 맞게 들어 갔는지 체크만 하면 될 정도다. 하지만 여기서도 맹점이 있다. 위 장점들의 공통점은 '자동으로 해결해준다' 지만 사람의 확인이 필수라는 점이다. 보통 색인은 편집 자가 검판을 보기 직전에 하나씩 체크하면서 작업한다.

이렇게 수동으로 입력값을 채우면 개정판처럼 새로운 작업을 할 때는 당연히 색인값을 자동으로 불러올 수 없다. 하지만 색인어의 특성상 중요한 단어를 한번 더 체크하고 넘어갈 수 있다는 장점이 있다. 글자 자체를 읽어올 수는 있어도 그게 오타인지 아닌지는 프로그램이 판단하기 어렵기에, 색인을 하면서 책의 흐름을 꼼꼼하게 다시 살피고 오타를 정정할 수 있다. 자동으로만 맡기면 아주 중요한 색인어를 오타로 채울 수도 있는 것이다. 결국 중요한 순간에는 사람의 손을 빌려야 한다.

인디자인이 두 번 할 일을 한 번에 끝내주긴 하지만 그 일 자체를 대신할 수는 없다. 출판이라는 일의 성격이 드러나는 부분이다. 원고가 흥미로운지, 어떤 부분을 더 강화해야 하는지, 어떤 부분을 더 강조하고 싶은지, 어떤 이미지로 포지셔닝하고 싶은지 등은 모두 사람이 판단해야 한다. 그건 다른 편집 프로그램이 나와도 마찬가지일 테고 수십, 수백 년 전부터 이어져온 일이기도 하다. 세상은 빠르게 변하지만 본질은 변하지 않는다는 것, 다시 한번 그 의미를 생각하게 한다.

— 정보를 더 알고 싶다면 『인디자인 Adobe Indesign CS5.5 + CS6 + CC: 출판 디자인을 위한 실무노트』(김복래 지음, 성심북스)와 『인디자인을 위한 GREP』(윤영준 지음, 안그라픽스) 등의 책을 참고하길 바란다.

> **당신이 말하는 연한 노란색은
> 형광등 밑에선 파란색으로 보일 수도 있다**

디자이너와 편집자가 의견을 조율하다보면 서로 간의 언어 차이로 오해가 생기는 경우가 있다. 서로 다른 얘기를 하면서도 같은 얘기를 했다고 찰떡같이 믿을 때가 있는 것이다. 색에 대해 이야기할 때 특히 그렇다. 어떤 이는 진한 색이 좋고 어떤 이는 연한 색이 좋으며 또 어떤 이는 다짜고짜 이 색 아니면 안 되고 또다른 이는 이 사진 아니면 안 된다고 한다. 잘못하다간 인쇄기 앞에서 기장님, 편집자, 디자이너 셋이서 싸움이 날 수도 있다.

그런데 이런 소모적인 대화를 줄일 수 있는 방법이 한 가지 있다. 그것은 바로 색상값, 즉 숫자로 이야기하는 것이다. 숫자로 이야기할 수만 있다면 더이상 인쇄 감리는 가지 않아도 좋다!

독자들 중에 디자이너가 있다면 몇 가지 질문하고

인쇄 감리를 보는 구텐베르크의 모습을 재현한 그림. 오늘날 인쇄 감리를 보는 방식과 크게 다르지 않은 모습이다.

싶다. 내 컴퓨터의 색상 정보값을 알고 있는가? 그렇다면 내 컴퓨터 속 어도비 프로그램(인디자인, 포토샵, 일러스트 모두)에 설정된 색상 정보값은 알고 있나? 아니면 거래처 인쇄기의 색상 정보값은 알고 있나? 내 머리 위 조명의 색과 색온도는 알고 있나? 놀랍게도 조명 중에도 색이 똑같은 것이 없다. 눈에 보이는 색과 측정되는 조명의 색상값, 물체가 그 조명을 만났을 때의 색이 모두 다르다(Y5의 미색도 형광등 아래에선 파란색이나 초록색으로 보일 수 있다). 이 모든 변수를 다 예상하고 작업해야

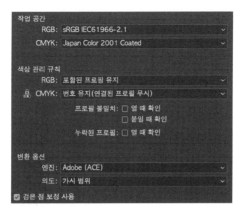

어도비 프로그램에 있는 색상 설정 창의 모습. 세부 설정을 맞출수록 데이터 간의 오차를 줄이고 의도에 맞게 출력할 수 있다.

제대로 된 작업을 했다고 할 수 있는데 현실은 그리 녹록지 않다.

쉽게 말하면 이렇다. 내 컴퓨터가 가진 색상 정보는 A, 인쇄기의 색상 정보는 B, 최종 인쇄 결과물은 C라고 하자. 원래대로라면 A=B=C, 모두 같은 결과물이어야 하지만 A, B, C 모두 미묘하게 다르다. 게다가 A와 B는 오차 범위 안, B와 C도 오차 범위 안에 있지만 A와 C는 오차 범위 안팎으로 다를 수 있다. 이런 일을 방치할 경우 중쇄를 찍을 때마다 색이 다른 결과를 낳을 수 있다 (1, 2, 3쇄의 색이 모두 다를 수 있다).

이 모든 것을 한 번에 정리해줄 수 있는 것이 바로 '캘리브레이션'이다. 이것은 각 컴퓨터, 프로그램, 인쇄기, 각 장소의 조명의 밝기를 수치화하여 어느 환경이든 같은 값을 얻을 수 있게 만들어준다. 단, 모든 값을 측정해서 맞춰야 하고(그러려면 장비가 있어야 한다) 핸드폰 OS 업데이트 주기만큼 위 기기들을 자주 측정하고 업데이트해줘야 한다. 그러려면 인쇄소의 도움도 있어야 하고(그런데 거래하는 인쇄소가 한 군데만 있는 것도 아니고, 인쇄소에 인쇄기가 1대씩만 있는 것도 아니다. 고로 모든 인쇄소, 모든 인쇄기에 다 돌려봐야 하는데 그 협력을 얻어내기란……) 기기도 구비해야 한다(이 기기는 누가 구비해야 하는가. 회사 재산이라면 회사가 해줄 것인가).

이런 것 저런 것을 따지다보면 너무 귀찮거나 까다로운 사람이 되어버린다. 그래서 알든 모르든 대부분 기본값으로 설정해놓고 직접 인쇄 감리를 가서 수치가 아닌 내 눈으로 '검정을 올리고 노랑을 올리고'를 한다. 그렇게 나온 결과물이기에 앞서 말한 것처럼 매번 같은 결과물을 낼 수 없는 것이다.

내 눈을 믿고 작업하는 게 인간적일 수는 있다. 하지만 체계적이거나 완벽에 가깝다고 자신할 수는 없다. 가능하다면 출판계에서도 이 캘리브레이션에 대한 논의가 있었으면 좋겠다. 자신만의 '감'이 아닌 수치로 정확하게…….

—캘리브레이션에 대해 궁금하다면 『컬러 매니지먼트 강의』(최창호 지음, 미진사)를 통하거나 서울북인스티튜트에서 진행하는 '출판물 컬러 매니지먼트' 수업을 들으면 좀더 쉽게 알 수 있다. 하지만 센터에서 나눠놓은 표를 보면 어려운 정도가 1~6 중에 6이다. 아무리 열심히 들어도 이해하지 못할 수 있다. 선생님이 최대한 쉽게 가르쳐주시려고 해도 말이다.

가제본의 세계에서
오타 한 개는 그냥 넘어가?

자, 이제 본인쇄가 끝났다. 책이 최종 완성 되기까지는 제본이라는 과정이 남았다. 인쇄소에 따라 다르지만 보통 이 단계에서 가제본假製本을 준다. 말 그대로 제본 전에 보지만 제본된 상태에 가장 가까운 것이 가제본이다. 가제본을 확인하지 않는 출판사도 있겠지만 가능하다면 가제본은 확인하고 넘어가는 게 좋다. 실제로 제본되어 완성된 상태에서 실수가 발견된다면 돌이키기 어렵고 돌이킨다 해도 많은 시간과 공정이 들어간다. 그런데 이 실수를 가제본 단계에서 발견한다면 공정이 한결 수월해진다. 실수한 부분만 다시 고치고 진행시키면 되기 때문이다.

그렇지만 모든 실수를 다 고치고 갈 수는 없다. 애초에 책이라는 물건이 실수라는 것이 안 나올 수가 없다.

왜 나올 수밖에 없느냐면…….

　가로 90mm, 세로 160mm의 판면이 하나 있다고 치자. 한 글자당 10포인트라면 약 3mm 내외, (띄어쓰기 포함) 가로에 30~40자 정도가 들어가고, 세로에 23줄씩 들어간다 치면, 한 페이지당 약 920자가 들어간다. 평균적으로 적으면 6~700자, 많으면 1,200자 정도가 들어간다. 만약 총 300페이지이고 한 페이지당 글자가 700자 들어간다면, 약 21만 자. 200자 원고지로 1,050매가 나온다. 21만 자의 글자 중 오타가 나올 확률은? 아주 많다. 그렇다면 한 페이지당 오타가 나올 확률도 아주 많다.

　그러나 어떨 때는 여러 번 읽은 편집자의 눈에는 끝까지 안 보이지만 처음 보는 독자가 볼 때는 아주 잘 보이는 오타도 있다. 책을 산 독자 입장에서는 오타가 많다고 느껴지면 책 전체의 신뢰도도 떨어지고 집중도도 떨어진다. 당연히 화가 난다. "아니, 책도 제품인데 이 '제품'에는 왜 이렇게 오타가 많은 거예요?" 책을 펴내는 사람으로서 변명 아닌 변명을 하자면, "독자님, 이렇게 생각해주세요. 한 권에 최소 21만 자…… 너무 사랑해서 많이 읽다보니 잘 안 보였어요. 사람이 하는 일이

가제본한 상태의 책. 이 단계를 거쳐 표지까지 붙이면 '진짜' 책이 된다.

라 그렇습니다. 오타 제보해주시면 다음 쇄에 충실히 반
영할게요. 죄송합니다"라고 사죄드리고 싶다.

후가공이라는
세계

2000년대 초중반에 주로 사용된 '표지' 종이는 아트지 (미술 화보에 쓸 수 있을 정도의 고급 종이라 하여 붙여진 이름 이다), '본문' 종이는 미색 모조지였다. 사실 이 정도도 엄청나게 고급 종이라고 생각하지만 책에 쓰이는 종이 는 점점 실험적이고 고급화를 지향하고 있다. 그에 따라 코팅뿐이었던 표지에 후가공이라고 불리는 작업들도 추 가됐다. 여기서 후가공이란 표지가 코팅된 이후에 추가 로 가공하는 것들이다.

2000년대 중반에 외국에서 건너온 책을 본 적이 있 었는데, 지금으로 치면 에폭시가 책 전체에 촘촘히 박혀 있는 책이었다. 그때는 이걸 기계가 했을 거라는 생각은 차마 못하고 '와! 사람 손으로 이렇게 하다니. 정말 손 재주가 좋구나'라는 생각을 했었다.

알고 보니 그것은 데이터만 넘기면 필름이나 동판을 제작해 그 위에 금박, 은박, 유광 또는 무광 에폭시(도톰하게 튀어나오는 것) 필름을 붙이고 열을 가해 누르거나 튀어나오게 하는 방식으로 만드는, 보통 에폭시라고 부르는 작업이었다. 후가공은 최대한 출력한 데이터를 기준으로 진행되는데, 이때 사람의 손을 빌리는 경우도 많다. 이 또한 사람이 하는 것이라 많이 알고 있을수록, 여러 번 시도해보고 경험해볼수록 좋은 결과물을 낼 수 있다.

후가공의 세계를 간단히 요약해보자면 다음과 같다.

- 금장/은장: 금이나 은으로 장식한다는 의미이지만, 제책업에서는 책배, 책머리, 책밑 등 책갈피에 금이나 은 또는 홀로그램 등을 입히는 것을 말한다. 주로 성경이나 노트에 많이 쓴다.

- 도무송: 목형칼을 만들어 압력을 가해 인쇄물의 모양을 만드는 것을 말한다. 보통 스티커 작업에 많이 쓰인다. 영국 태생의 발명가가 개발한 것으로 그의 이름 '톰슨Thomson'에서 비롯되어 일본식 발음인 '도무송'으로 굳었다. (→ 모양 따기)

- 라운드커팅: 책 모서리를 재단하여 둥글게 만들어

주는 것이다. 책 모서리가 헐거워지거나 구겨지는 현상을 완화해준다.

- 중철제본: 출력된 용지를 반으로 접은 다음 중심에 철심을 넣어 고정하는 방식이다. 가장 간편하지만 페이지가 적은 브로슈어나 잡지 등에 적합하다.

- 미싱제본: 스티치stitch제본이라고도 부른다. 중철과 유사하나 가운데를 미싱하는 방식이다. 공업용 재봉틀이 있으면 가능하다.

- 사철제본: 사철은 종이를 실로 엮는 방식으로, 8 또는 16페이지 단위로 묶고 실로 엮는다. 오래전부터 쓰인 방식이고 튼튼하고 잘 펼쳐진다. 붙는 표지가 하드커버일 경우는 양장제본, 소프트커버*일 경우는 반양장으로 불리며, 풀을 얇게 발라 고정하고 제본된 형태를 그대로 노출하는 경우 누드제본이라고 부른다.

- PUR제본: 'Poly Urethane Reactive'의 약자이며, 이름 그대로 기존의 무선제본 방식과 달리 폴리우레탄 성분의 접착제를 사용하는 게 특징이다. 가볍고 유연하면서도 견고함을 유지하는데다가 일반 무선제본과 달리 180도로 완전히 펼쳐져 중간 부분이

---

* 말리거나 접힐 정도로 부드럽지만 다소 두께가 있는 종이로 만든 책 표지

훼손되지 않는다. 그러나 현재 제작 업체가 많지 않아 다른 제본보다는 일정을 여유 있게 잡아야 추후 일정에 영향을 주지 않는다.

- 스펀지양장: 아이들이 안전하게 책을 볼 수 있도록 하드커버 표지에 폭신폭신한 스펀지를 넣는 방법. 두께도 지정할 수 있고, 모서리의 형태를 둥글게 만들 수도 있다. 2021년 서울국제도서전에서 워크룸 프레스가 카프카의 『꿈』을 이러한 형태로 발간해 화제가 되기도 했다(디자인: 디자이너 듀오 신신).

- 코팅(무광, 유광): 책의 표지에 일반적으로 쓰이며 오염이나 긁힘으로부터 보호하는 역할을 한다. 얇은 종이는 휘말릴 염려가 있으니 표지 용지는 주로 150g 이상을 사용하는 게 좋다.

- 바니시varnish: 보통 종이의 결을 그대로 표현하고 싶을 때 유광, 무광 코팅 대신 사용된다. 인쇄될 때 미세하게 같이 뿌려지는 형식으로 진행되기에 일반 인쇄보다는 시간이 더 걸리지만 코팅하기 위해 이동하는 시간이 줄어들어 결과적으로는 제작 시간이 절약될 수 있다. 하지만 미세하게 입혀지는 것이기 때문에 책 표지의 내구성은 일반 코팅을 했을 때보다 약할 수 있다.

- 벨벳코팅: 광택이 전혀 없는 코팅으로 만졌을 때 부

드러운 벨벳 원단 느낌이 난다. 하지만 원단 특성상 먼지가 잘 묻고 손자국이 많이 나는 단점이 있다.

- 에폭시: 특정 부위에만 송진 용액을 올려 열처리해 돌출시키는 인쇄이다. 책 위에 도톰하게 올라가는 모양이 많으며, 이 또한 유광, 무광, 펄 등 다양하다. 옅은 바탕에 작업하면 에폭시가 잘 보이지 않을 수도 있는데 그럴 경우 에폭시가 적용됐을 때를 감안해서 약간의 그림자를 밑에 넣어준다. 그럼 멀리서 봤을 때 시각적으로 좀더 도톰하게 보일 수 있다.

- 박箔: 얇은 알루미늄박을 종이와 동판 사이에 놓고 열을 가해 누른다. 보통 금박, 은박이 많으며, 최근에는 보라, 청색, 노랑, 초코, 투명 등 다양하게 나오고 있다.

- 형압: 일본어 '가타오시かたおし'에서 유래한 말이다. 박과 비슷하게 동판을 올려 열처리를 한다. 아래에서 받쳐주는 수지판이 필요하고, 위로 돌출되는 양각(+), 아래로 돌출되는 음각(-)이 있다는 점이 다르다.(→압형)

- UV인쇄: UV는 'UltraViolet'의 약자로 자외선을 의미한다. 잉크가 스며드는 방식이 아니라 소재 위에 점착돼 경화되는 방식으로 UV자외선 램프에서 발산되는 빛을 통해 순간 건조되기 때문에 시간이 단

양장제본을 할 때는 실로 책등을 꿰맨다. 아트북 작업을 할 때는 위 사진처럼 주로 수작업으로 제본한다.

축되기도 한다. 출판에서는 일반 인쇄기로 작업하기 어려운 특수 종이 위에 인쇄하고 싶을 때 주로 사용한다.

— 정말 간단히 요약한 것이기 때문에 후가공 및 제작에 대한 정보를 더 알고 싶다면 『어디서 어떻게 책 만들기』(김진섭 지음, 안그라픽스)를 참고하길 바란다.

마감은 표지 jpg를
넘긴 순간이다

책 제작의 마감은 인쇄소에 파일을 넘긴 후가 아니다. 책이 입고되고 서점에 등록되는 순간, 그 순간이 최종 마감이다(적어도 1쇄까지, 2쇄의 마감은 또 다르다). 그런데 그 마감의 바로 직전에 해야 하는 일이 책 표지 이미지, 출판인들이 흔히 말하는 표지 jpg*를 넘기는 일이다. 이 일은 시안이 확정되면 먼저 진행할 수도 있지만 가능하면 서점 등록 하루이틀 전에 하라고 말하고 싶다. 사건은

---

* 'Joint Photographic experts Group'의 약자이다. 이미지를 저장하는 그래픽 파일 포맷 중 하나로 압축률이 가장 뛰어나다. 이미지 파일 형식에는 jpg, png, eps, psd 등 여러 가지가 있지만 일반적으로 이미지 손실이 적으면서도 파일의 크기가 비교적 크지 않은 jpg 파일을 선호한다. 하지만 배너 등 여러 이미지들이 겹치는 홈페이지에서는 png 파일을 쓰기도 한다. 책을 마감한 후에는 표지와 표지를 세워놓은 듯한 입체 형태의 파일을 jpg로 만들어 서점에 업로드하거나 홍보 자료로 쓴다.

어디에서나 일어나고 그건 실수도 마찬가지이기 때문이다.

어디서 어떤 변수가 나타날지 모른다. 표지 평면 jpg와 입체 jpg를 만들어놓아도 다시 처음부터 작업하게 될 수도 있다. 오타는 어디서든 나오고 결정적인 오타는 모든 일을 원점으로 만든다. 본문뿐 아니라 표지도 마찬가지다. 고로 미리 만들어봤자 두 번 일하게 되는 일밖에 되지 않는다. 크게 어려운 일은 아니지만 최종 파일을 한 번에 만들고 저장해놓는 게 만드는 나도 편하고 괜히 엄한 파일이 유통되는 것도 막을 수 있다.

인터넷 서점에는 미리보기 서비스가 있어서 책 표지부터 내부 30페이지 정도를 미리 볼 수 있다. 그래서 요즘은 마감하면 책의 표지부터 뒷날개까지 모두 쪼개서 인터넷 서점에 파일로 보내줘야 한다.

한번은 어느 출판사에서 한 셀럽이 책을 출간한 적이 있었다. 저자가 유명했으므로 아마 서점 쪽에서 먼저 표지 jpg 파일을 요구했을 것이라 생각된다. 그렇지 않고서야 그 파일이 유통된 것을 설명할 수가 없다. 출간 전 미리보기 페이지의 뒤표지에는 이렇게 쓰여 있었다.

"내용 입력 예정"

이렇게 표지 파일이 유통되고 며칠이 지나서야 이 책의 미리보기 페이지가 정정됐다. 실제로 책이 이렇게 유통됐다면 대재앙일 테고 서점 미리보기에서만 이렇게 된 것이라면 발견한 몇몇만 아는 재밌는 에피소드가 될 것이다. 하지만 뭐가 됐든 남의 일일 때는 재밌고 나의 일이 되면 웃음기 싹 사라지는 하드코어 스릴러가 되는 아찔한 순간으로 남게 된다. 확인 또 확인. 책을 만드는 이들에게는 숙명과도 같은 일이다.

*

가끔씩 책의 입체 이미지보다는 평면 이미지가 더 잘 보이는 건 아닌가 생각하지만 책이라는 제품을 좀더, 그야말로 입체적이고 다양하게 보여주고 싶은 마음에 입체 이미지를 만든다고 생각한다. 조금이라도 잘 보이고 싶은 마음의 반증. 그렇기에 나는 오늘도 책의 평면 이미지와 입체 이미지를 만들며 외친다.

"마감!"

,

3장

출판사에서는
신간만 만드는 게 아니다

“

끝없는
중쇄의 늪

”

출판사에서 일하면서 스스로 좀 이상한 사람이 아닐까 하는 생각이 들 때가 있다. 바로 중쇄를 찍을 때! 한 사람의 직원으로 보면 중쇄를 찍는다는 게 그리 기쁜(?) 일은 아니다. 일단 챙겨야 할 게 많다. 지난 쇄에 오타는 없는지, 판권면에 정보가 제대로 들어가 있는지, 표지나 띠지 문구는 변경될 게 있는지, 시리즈의 경우 띠지 색이 똑같은 경우가 많은데 '21권' 띠지가 들어가야 하는데 '23권' 띠지가 들어간 것은 아닌지 등 신간을 찍을 때보다 품은 덜 들지만 확인해야 할 것은 천지다.

중쇄를 찍으면 저자는 인세를 받고 회사는 수익을 얻는다. 그런데 직원인 나에게는 실질적으로 돌아오는 이득도 없고 중쇄의 종류가 많으면 많을수록 '기존 일＋중쇄에 들어가는 품'까지 티 안 나게 일이 많아진다.

그럼에도 중쇄요청서가 오면 이상하게 기분이 좋아진다. 이런 기분을 느끼고 싶어서 출판사에서 일하는 건 아닌가 생각할 때가 있다. 외주 디자이너로 일하면 작업물만 넘겨주면 끝이다. 그 책이 잘 나가는지 안 나가는지(물론 나가면 더 좋지만) 피부로 느낄 수도 없고 관여할 수도 없다. 하지만 이렇게 중쇄를 하나씩 쌓아가다보면 '그래, 내가 온전히 선택한 일, 선택한 작업은 아니어도 틀리게 한 것은 아닐지 몰라'라는 생각이 든다. 서점의 수십만 권의 책 중에서 이 책을 골라준 분들에게 고맙고 이 책들의 쓸모를 어필하기 위해서 더 정진(!)해야겠다는 다짐도 새로 하게 된다. 많을 때는 20권 가까이 중쇄를 처리할 때도 있었고 재쇄 부수가 단 500권뿐일 때도 많았지만, 그럴 때마다 어딘가에 있는 독자분들께 감사한 마음이 든다.

일본 만화책 『중쇄를 찍자』에는 이런 장면이 나온다. 중쇄가 들어오자 그 팀이 모두 모여 박수를 세 번 짝짝! 치며 "중판출래! 감사합니다!" 하고 인사한다. 이 자리를 통해 나도 그렇게 독자님들께 박수와 감사의 인사를 드리고 싶다. 이 책을 선택해주셔서 감사합니다. 부디 이 책과 함께 좋은 독서 시간을 보내시길 바랍니다.

파일이
없는데요

중쇄요청서가 올라왔다. 그런데 파일이 없다. 당연하다. 이 책은 1990년대에 간행됐다. 당연히 데이터가 있을 리 만무하다. 요청서에 올라온 부수는 500부. 비록 500부여도 책은 찍어야 한다! 그런데 본문 수정이 있다. 판권도, 표지 수정도 있다. 난감하다. 어떻게든 만들어야 한다. 다행히 실물 책은 있다. 그럼 난 작업에 들어간다.

판권 및 본문 수정의 경우

1. 책을 뜯어 수정할 페이지를 스캔한다.

2. PDF로 변환한다.

3. OCR 프로그램*을 실행해 글씨를 읽어낸다.

---

* 광학 문자 인식(Optical Character Recognition)은 사람이 쓰거나 기계

4. 실물 책과 똑같은 판형을 인디자인에 만들고 스캔한 페이지를 레이어*로 분리해 밑에 깔아놓는다.

5. OCR 프로그램으로 읽어낸 글씨를 불러와 올려놓고 최대한 비슷한 서체와 레이아웃을 맞춰간다.

6. 몇 번의 프린트를 거쳐 교정을 보고 실물과 최대한 비슷하게 만든다.

7. 필름 출력할 데이터를 보내고 인쇄소에 필름갈이를 요청한다.

표지 수정의 경우

1. 책을 뜯어 펼쳐 최대한 빳빳하게 편 후 드럼스캔**을 한다.

2. PDF로 변환한다.

로 인쇄한 문자의 영상을 이미지 스캐너로 획득하여 기계가 읽을 수 있는 문자로 변환하는 것이다.

* layer, '계층, 쌓다'라는 뜻으로 편집 프로그램에서 각 요소를 쌓거나 분리해서 사용할 수 있게 만든 기능이다.

** 스캔은 문서나 사진을 PC에 저장할 수 있는 파일로 만드는 것으로, 드럼스캔과 평판스캔 두 종류로 나뉜다. 드럼스캔은 드럼통 같은 원통에 사진을 말아 넣어서 스캔하는 방식이고, 평판스캔은 복사기와 같이 덮개를 열고 평평한 유리 위에 문서를 놓고 스캔하는 방식이다. 드럼스캔이 평판스캔보다 더 섬세한 부분까지 스캔된다.

3. OCR 프로그램을 실행해 글씨를 읽어낸다.

4. 실물 책과 똑같은 판형을 인디자인에 만들고 스캔한 페이지를 레이어로 분리해 밑에 깔아놓는다.

5. OCR 프로그램으로 읽어낸 글씨를 불러와 올려놓고 최대한 비슷한 서체와 레이아웃을 맞춰간다.

6. 이미지의 경우 스캔하면서 생긴 망점*이 보일 수 있으니 최대한 안 보이게 포토샵에서 이미지를 조정한 후 그 자리에 앉힌다.

7. 몇 번의 프린트를 거쳐 교정을 보고 실물과 최대한 비슷하게 만든다.

8. 인쇄교정이 필요한 경우 인쇄교정지를 출력하고 여의치 않으면 본인쇄시 감리를 보러 간다.

표지와 본문의 형태는 다른데 들어가는 공정은 비슷

---

* 網點, halftone, 점을 사용해 크기나 간격에 따라 연속적으로 색이나 상을 따라 만드는 복사 기법. 일반적으로 오프셋인쇄에서는 Cyan(C), Magenta(M), Yellow(Y), Black(K) 네 가지 색으로 색상을 표현하는데 모든 망점의 위치가 겹치면 색상이 제대로 표현되지 않으므로 서로 그 위치가 다르게 제작된다. 그런데 이 과정에서 조금만 틀어져도 제대로 된 색이 구현되지 않거나 '핀이 맞지 않는다'고 표현하는 일명 '무아레(모아레, moire: 모기장을 상하좌우로 움직이거나 각도를 바꾸면 물결처럼 무늬가 생기듯이 인쇄에서도 물결치듯 무늬가 생긴다)' 현상이 나타나기도 한다.

기존에는 OCR 프로그램이 따로 있었는데, 최근에는 PDF 안에 추가 설정으로 들어갔다.

하다. 이 경우 이미 인디자인이나 PDF 파일을 보유한 다른 책들보다 공정이 두세 배는 많이 들고, 발행 부수는 훨씬 적다. 그러나 꼭 필요한 500부이므로 귀찮다고 생각하면 하기 힘들다. 이렇게 힘들게 만든 만큼 누군가에겐 닿는다고 생각하면 마음이 편하다. 21세기에 1990년대에 나온 책을 찾는다니. 2022년의 책이 아니라 이 책을 찾는 사람이 있다는 것은 스스로 가치를 증명하고 있는 것이다. 3~40년이 지나도 비록 소량이라도 독자가 찾는 책, 그 책을 포기하지 않고 계속 발행하는 데 도움을 주는 것. 그것이 내가 출판사에서 일하는 이유 중 하나다.

나만의 파일
정리법

디자이너들이 매일 하면서도 매번 하는 실수가 있다. 바로 파일 정리다. 책상은 더러워도 좋다. 하지만 파일 정리는 반드시 깨끗하게, 한눈에 보이게 해야 한다. 파일 정리는 작업 속도와 연결되기 때문이다. 특히 출판사에서는 신간 한 권만 작업하는 게 아니라 줄줄이 여러 권을 한꺼번에 진행한다. 여러 명의 저자, 편집자가 걸려 있고 여러 번의 수정 과정도 남아 있다. 그뿐인가. 중쇄에 광고까지 있다. 만약 디자이너가 여럿이 있다면 파일 정리에 대한 논의는 필수 중의 필수다. 나 하나가 파일명을 잘못 쓰는 순간 거기에 달린 여러 사람 또는 나의 일 순서가 엉망진창이 될 수 있기 때문이다. 중간중간 파일이 날아가버릴 수도 있으므로 중간 백업도 필수다. 그런데 이런 작업들을 단지 '최종', '수정'이란 단어로 뭉뚱

그려버리면 언제 어디 기준으로 최종, 수정인지 알 수 없다. 설령 나'는' 알 수 있더라도 나'만' 알게 될 수도 있다.

나의 파일 정리 원칙은 아래와 같다. 비유하자면 중제-소제-소소제의 중요도와 범주에 차이가 있듯이 파일도 큰 범주의 폴더로 괄호를 묶는다고 생각하면 편하다.

1. 무조건 연도별로 폴더를 나눈다(2020, 2021, 2022… 순으로).

2. 단행본/광고/중쇄(판권)/시리즈 등으로 폴더를 나눈다.

3. 단행본의 경우 1년에 한 번씩 백업하는 것을 원칙으로 하고 1년 동안 수정된 파일은 한 폴더 안에 넣는다(예: 날마다, 북디자인-본문-1쇄(220624), 검판-날마다, 북디자인-본문1도.pdf 등). 이렇게 하면 중복 저장을 막을 수 있고 그에 따른 저장 용량도 줄일 수 있다. 괄호 안에 날짜를 적어두면 구분하기 더 쉽다.

4. 광고는 온라인 서점별, 오프라인 사이즈별로 구분·저장하되 책별로 추가 구분 한다.

5. 판권을 정리할 때는 파일을 꼭 새로 만들어 저장한

본문(1130)-수정.pdf
표지 세네카 수정 (인쇄용).pdf
표지 수정 (인쇄용).pdf
내지(인쇄용)-수정.pdf
표지(인쇄용)-또수정.pdf

디자이너들이 굉장히 많이 하는 '실수' 중의 하나. 이렇게 하다간 끝도 없는 수정 파일 속에서 어떤 게 최종 파일인지 찾을 수 없게 된다.

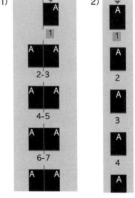

페이지(page, 낱장으로 이루어진 문서를 만들 수 있다, 2번 그림)와 스프레드 (spread, 페이지 두 쪽이 붙어 있는 펼침면 형태로 책과 같은 문서를 만들 때 사용한다, 1번 그림)의 차이가 반영된 페이지 마주보기 기능. 바인딩 설정에서 '본(本)' 자가 쓰여 있는 버튼을 누르면 판형의 방향이 거꾸로 변경된다. 주로 일본 처럼 세로쓰기를 하는 국가에서 쓴다.

다. 보통 기존 파일에서 판권면을 제외한 나머지 페이지를 지우는 식으로 정리하는데, 그러면 파일 안에 정보가 그대로 남아 있기 때문에 용량이 별로 줄어들지 않는다. 반면에 새로운 파일을 만들어 판권을 만들면 딱 판권면 정도의 파일 정보만 남아 있기 때문에 파일의 용량이 줄어든다. 고로 적은 용량으로 보관할 수 있게 된다.

6. 시리즈 판권은 한 파일에 모아놓는다('페이지 마주 보기'를 해제하는 게 더 편하다). 예를 들면 1페이지 에는 1권 판권, 60페이지에는 60권의 판권. 이렇 게 하면 매번 찾지 않아도 된다.

책을 만드는 일은 끊임없는 선택과 수정을 거쳐야 한다. 파일 정리를 잘하는 것만으로도 다른 데 힘 빼지 않고 책 만드는 일 자체에 더 집중할 수 있다. 집중할수 록 높은 퀄리티의 작업물을 끌어낼 수 있는 것은 당연하 다. 그리고 어떤 요청이 왔을 때, 빠르고 정확하게 일을 처리하는 것은 그 사람의 평가와도 관련된다. 누군가의 평가에 얽매여선 안 되겠지만 이 모든 일의 시작이 파일 정리부터 시작된다고 생각하면 내가 쓰는 파일명 하나 에도 신중할 수밖에 없다. 그래도 적용하기 어렵다면 이렇게 생각해보기로 하자. "'최종'은 없다. 단지 '1쇄 마감'과 '2쇄 마감'이 있을 뿐"이라고.

광고는 내일까지
─수많은 매뉴얼로 둘러싸인 광고의 세계

출판은 무조건 꼼꼼해야 한다. 여기서 말하는 출판은 제작과 후속 작업을 모두 포함한다. 그러므로 출판사에서 일한다는 것은 이 모든 것을 염두에 두고 일해야 함을 뜻한다. 그중 하나가 광고 작업이다. 보통 광고라 하면 티브이나 매체 광고를 떠올리지만 출판사의 주 광고 매체는 서점이다. 서점은 책을 판매함과 동시에 광고를 해야 하는 공간이기도 한 것이다.

보통 온라인과 오프라인 광고를 모두 진행하는데, 오프라인의 경우 뒤에서 빛을 쏘는 형식(슬림라이트)과 출력물을 아크릴 박스에 넣는 형식의 두 가지 정도로 정리된다. 각각의 사이즈 규격은 있지만, 특별한 경우가 아니라면 자유형식이 많다. 문제는 온라인 광고다. 온라인 사이트는 온라인이라는 특성상 많은 정보를 한 페

같은 배너처럼 보일 수도 있지만 영역에 따라 다른 규격과 모양을 가지고 있는 인터넷 서점 배너들

이지 안에 담고 있기 때문에 어느 정도의 조절이 필요하다. 가이드가 없다면 배당된 곳에 서로 더 많은 정보를 넣으려고 할 것이고 그러면 전체적으로 사이트의 심미성은 포기해야 할 것이다.

그렇기 때문에 다소 많은 규격과 가이드라인이 있다. 인터넷 서점은 모바일 버전과 PC 버전의 두 가지 뷰어 체제로 운영되는데, 모바일 버전의 경우 4~6개의 규격, PC 버전의 경우 약 15~18개의 규격이 있다. 여기에 자유형식, 입력형식 등이 추가되고 자유형식 안에서도 광고 표기를 어느 위치에 넣느냐가 다 따로 있을 정도다. 이렇게 규격이 많으니 당연히 각 서점에서 배포하는 가이드라인 파일도 있는데, 적게는 30페이지 내외, 많게는 40페이지 내외나 되고, 이조차도 자주 업데이트되

서점 슬림라이트(왼)와 POP 출력 광고(오)

기 때문에 광고를 진행하기 전에 항상 최신 업데이트가 있는지 확인해야 할 정도다. 업데이트된 지 얼마 안 되었으니 바뀐 게 없겠지 생각하고 진행했다가 '바로 며칠 전 대대적으로 리뉴얼됐어요~'라는 답장 메일을 받을 수도 있다. 이런 이유로 생각지도 못한 곳에서 예상하지 못한 이유로 반려되기도 한다. 반려됨으로써 생기는 시간적 손해는 전적으로 제작 업체인 출판사에 있으므로 광고 요청이 들어오면 신속하게 진행하고 검수를 받아야 원하는 때에 원하는 곳에 업로드를 반영할 수 있다.

그러면 오프라인 서점 광고는 문제가 없느냐 하면 그것 또한 아니다. 가능하다면 서점에 직접 가서 매대의 위치를 확인하고 광고의 사이즈가 비율에 맞게 제대로 들어갔는지 체크하는 게 좋다. 온라인 서점 광고는 미리 검수하여 반려하는 경우가 많지만 오프라인의 경우는 대부분 내가 보낸 그대로 출력되기 때문에 뜻하지 않은 오타를 서점에서 발견할 때도 있고, 사이즈가 맞지 않음에도 '비율 조정하기'로 출력돼 모양이 원래 의도와 달리 이상하게 찌그러져 나온다든가, 여백을 준다고 해서 보낸 게 여백까지 몽땅 나와서 어정쩡한 모양새를 하고 있는 경우까지 여러 가지 변수가 있다. 차라리 반려를 받아내서 다시 보내고 싶은 심정이 될 때도 있다.

누군가는 평화롭게 책을 고르는 장소에서 수많은 사람이 움직이며 공간을 채우고 꾸민다. 조금 더 독자들에게 잘 닿기 위해서.

— 광고 파일은 이미지든 문구든 수정이 많다. 이미지 따로, 문구 따로 레이어 처리 하면 파일들이 섞이지 않고 좀더 빠르게 수정을 반영할 수 있다.

굿즈의 세계가
열렸다

"질소를 샀더니 과자가 왔어요"라는 우스갯소리가 있었다. 이 말은 요즘 이렇게도 쓸 수 있겠다. "굿즈(사은품)를 샀더니 책이 왔어요."

　　요즘은 각 서점에서 어떤 굿즈를 내놓는지 비교해주는 서비스도 생겼지만, 굿즈는 사실 '도서정가제'라는 나비효과로 탄생한 것이나 마찬가지다. 현재 도서정가제는 10% 할인에 5% 내외의 마일리지나 '사은품'을 증정할 수 있기 때문이다. 보통 3~400페이지 정도 되는 책의 정가는 13,000~15,000원 내외. 그렇다면 사은품 가격의 범위는 650~750원. 요즘같이 물가가 비싼 시대에 600원을 들고 나가서 무엇을 살 수 있을까. 실제 제작비에만 적용한다고 해도 너무한 가격이다. 왜 3만 원 이상 구입, 세트 구입 등과 같은 조건이 붙는지, 왜 그렇게 사은품에 종이류가 많았는지 이해되기 시작한다.

굿즈는 서점 자체 제작과 출판사 직접 제작 두 경우가 많다. 서점에서 진행할 때는 특정 캐릭터와 라이선스를 체결해 진행하는 방식과 실생활에 필요한 제품(그릇, 컵, 연필, 식사 도구, 가방 등)에 서적명이나 문구 등을 넣는 방식이 많고, 출판사에서 직접 제작할 때는 책의 성격을 잘 표현할 수 있는 굿즈가 많다. 주로 서적의 파생상품(책갈피, 문구카드, 타로카드, 노트, 에코백, 필기류, 체크리스트, 관련 자료 PDF 파일 등)이 많다.

노트, PDF, 책갈피, 간단한 체크리스트 정도는 무료로 배포하기도 하지만 대부분 구매를 통해서 얻을 수 있다. 사소하지만 희귀하고, 모을 정도는 아니지만 그렇다고 안 사면 왠지 손해인 것 같은 기분이 들곤 한다.

그동안 진행한 굿즈를 대략 살펴보니, 노트류, 메모지, 문구 세트, 타로카드, 엽서, 체크리스트, 책갈피, 독서대, 마우스패드 등 여러 종류가 있었다. 가끔은 책이 먼저인지 굿즈가 먼저인지 헷갈릴 때도 있었다. 굿즈라는 것이 출판계뿐만 아니라 시대의 한 흐름이기도 하고, 여러 분야에서 마케팅으로 활용하고 있는 것이 현실이다. 그뿐만 아니라 이제는 개인이 직접 굿즈를 만들 수 있는 시대가 됐다(심지어 퀄리티가 실제 상품보다 나은 것도 많다). 단순히 마케팅이니까, 사은품이니까, "알잖아, 단가 600~1,000원의 굿즈!"라고 퀄리티를 무시하며 제작하기엔 세상이 어마무시하게 세련됐다. 굿즈에 공력을 들일 수밖에 없는 이유다.

그렇기 때문에 책을 만들면서도 굿즈 마케팅을 미리 염두에 두고 일정을 짜고, 다소 아쉬운 단가 제한이 있지만 머리를 모아모아 아이디어를 짜내기도 한다. 눈높이 높은 소비자이자 독자가 보기엔 아쉬울 수도 있다. 그러나 제한된 환경에서 독자들의 만족을 최대한 이끌어내기 위해, 책을 받았을 때 기쁨이 두 배가 될 수 있도록 출판인들은 오늘도 머리를 맞대고 있다는 것을 알아주셨으면 좋겠다. 지금은 비록 아쉽지만 조금씩 나아지는 굿즈, 책의 매력을 최대한 살린 톡톡 튀는 굿즈를 오늘도 준비중이니 기대하시길 바란다.

— 굿즈에 대한 정보를 더 알고 싶다면 〈기획회의〉(550호) 「굿즈, 그것이 알고 싶다」를 참고하길 바란다.

책 판매,
어디까지 해봤니?

출판사에서 일하다보면 서점에 갈 때 외엔 직접 독자를
보기 어렵다. 그래서 가끔 책 판매 현장에 투입되면 독
자들의 반응을 피부로 느낄 수 있어 오히려 신선한 기분
이 들기도 한다. 코로나 시대 이전에는 저자 강연회, 출
판기념회와 같은 이벤트성 행사나 코엑스에서 진행했던
서울국제도서전, 홍대 주차장거리에서 진행했던 서울
와우북페스티벌 같은 큰 행사에서 책을 팔기도 했다.

도서정가제가 도입되기 전에는 도서전 흥행의 한 지
표가 할인율일 정도로 할인을 많이 했고, 독자들도 책
을 많이 사 갔다. 대형 마트에서나 볼 법한 커다란 카트
를 끌고 여기저기에서 책을 구입하는 독자들을 볼 때마
다 신기하기도 했다. 이른바 벽돌책이라 불리는 최소
700페이지 이상의 양장본 책들은 4~50퍼센트 할인을

하기도 했기에 그런 벽돌책을 구입하러 오는 독자도 많았다.

평소 포스기를 만져본 적도 없었던 나는 계산 실수도 하고 당황스럽기도 했었다. 책의 판매가가 할인율 재조정으로 기존 정가와 달랐고, 지금처럼 카드 결제가 많지도 않았기에 실수가 잦았다. 그래도 그때를 생각하면 특유의 신나는 분위기와 정이 있었다. 책을 사는 사람들의 설레는 표정이 나를 더 신나게 했었던 것도 같다. 어린이 코너에서는 아이들이 좋아하는 풍선, 인형 이벤트 등이 진행됐고, 여러 출판사가 한자리에 모여 서로의 책과 특색 있는 부스를 구경하는 것이 서점과는 또다른 풍경을 만들어냈다. 지금의 상황을 생각한다면 그리운 풍경이 되어버렸지만 말이다.

이 코로나 시대가 끝나고 만약 그렇게 책을 판매하는 기회가 다시 생긴다면 준비하고 싶은 게 하나 있다. 그건 바로 책 포장지이다. 전면을 다 포장하는 게 아니고, A4 정도의 사이즈에 출판사의 로고나 엠블럼 같은 것을 멋지게 디자인해서 책 겉싸개처럼 포장해서 드리고 싶다. 이런 풍경은 주로 일본 서점에서 책을 구입할 때 볼 수 있는데, 매장 직원들이 "책 커버에 싸드릴까요?"라고 항상 물어본다. 그렇다 하면 정성스럽게 책을 싸준다. 추가되는 금액도 없다. 이는 책을 깨끗하게 보고 싶으면서도, 남에게 무슨 책을 읽는지 보여주기 싫은 마음, 그리고 서점의 마케팅적 측면, 이 삼박자가 맞아 제공되는 서비스인데 얼마 전 국내의 한 서점이 이 이벤트를 단발성으로 진행한 적이 있다.

큰 금액을 들이지 않고도 서점 또는 출판사의 아이덴티티를 보여줄 수 있다는 점에서 도전해보고 싶다. 그리고 가능하다면 직접 책을 싸드리고 싶다. 이젠 그런 기회가 언제쯤 올지 알 수 없지만 하루빨리 그런 날이 오길 기다리고 있다.

―서울국제도서전은 코엑스라는 공식이 있을 정도로 그 장소의 상징성이 대단했었다. 그런데 코로나19의 영향으로 2020년에는 비대면으로 개최되더니, 2021년은 행사의 규모와 성격을 바꿔 성수동에서 진행됐다가, 2022년 6월 드디어 코엑스로 복귀했다. 기존의 도서전이 책 판매 위주였다면 변화하는 시대의 흐름을 반영한 듯 독립출판, 오디오북, 전자책, 환경에 대한 고민 등 여러 주제를 아우르려 노력한 흔적이 보인다. 단기간에 많은 변화를 거친 덕에 도서전도 시대와 독자들의 요구에 좀더 귀를 기울이고 있는 모습을 보이고 있다. 이는 앞으로의 도서전이 기대되게 하는 대목이다.

알고 싶다,
전자책의 세계

내가 졸업한 출판과에는 두 개의 세부 전공이 있었다. '종이책'과 '전자책' 전공. 각 전공은 졸업작품으로 각자 선택한 전공의 작품을 심사받아야 했고, 전자책이 투자 비용도 적게 들고 졸업도 비교적 쉽다는 소문을 들었지만 아무래도 '전.자.책'이라는 그 단어 자체가 내 입에 착 붙지 않았다. 그런 찜찜한 기분을 가지고 졸업할 수는 없었기에 결국 종이책 전공을 선택했고 그 길을 걸어왔다.

그 후 몇 년이 흘러 전자책 제작 강의를 들은 적이 있다. 시길*이라는 프로그램을 이용해 전자책을 만드는 수업이었는데, 강사님은 강의를 시작하기 전에 이렇게

---

* Sigil, EPUB 포맷의 전자책 제작을 위한 자유·오픈 소스 편집 소프트웨어

EPUB* 전자책 제작에 주로 쓰는 프로그램인 시길

말씀하셨다.

　"이제부터 강의를 시작할 텐데, 앞으로 1~2시간 정도가 이 강의의 정수입니다. 이것만 알면 전자책을 만들 수 있어요. 그리고 이걸 계속 연습하는 시간을 가질 거예요. 그런데 이 수업 전체가 다 끝나도 전자책을 만들 수 있는 분들은 여기서 한 10%밖에 되질 않아요. 그만큼 이 작업이 어렵다기보다는 이해하려고 꾸준하게 노력하셔야 하는데 그게 지난한 과정이에요."

　수업을 두 시간 정도 들으니 무슨 의미인지 알 것 같

---

* 'Electronic PUBlication'의 약자로, 국제디지털출판포럼(IDPF, International Digital Publishing Forum)에서 제정한 전자책의 표준을 일컫는다.

았다. 그리고 안타깝게도 나도 전자책 수업을 듣고도 전자책을 못 만드는 90%의 사람 중 하나가 되었다. 원리를 말하라면 간단하지만 내 머릿속에 자리잡게 해 손을 움직이게 하는 것이 쉽지 않았다. 그래도 덕분에 전자책이 어떻게 만들어지는지, 왜 그런 모양을 하게 되었는지는 알게 됐다.

전자책과의 두번째 인연이 그렇게 끝이 나고 이제 전자책과 나의 인연은 더이상 없나보다 하고 지내던 어느 날, 중고 책방 한편에서 한 권의 책을 발견했다. 그 책은 『권외편집자』(츠즈키 쿄이치 지음, 김혜원 옮김, 컴인)였는데, 그동안 종이책의 우수함만을 널리 널리 전파하고 다니던 내게 잔잔한 쇼크를 일으켰다. 인상 깊었던 내용을 요약하자면 이렇다.

책은 디자인도 중요하지만 좋은 정보를 최대한 많이 넣어야 한다. 다소 조악해 보이더라도 천에 하나, 만에 한 명은 그 정보가 정말 필요한 사람일 수도 있기 때문에 최대한 많은 내용을 넣는다. 그건 캡션도 마찬가지다. (…) 전자책은 사진의 정보를 그대로 실을 수 있다. 종이로 인쇄되는 과정에서 알게 모르게 유실되거나 생략되는 정보들을 다 담을 수 있다.

전자책은 20여 년 전 내가 알던 그 전자책이 아니었다. 그뒤로 전자책에 대해 알아보기 시작했다. 전자책은 생각보다 오랜 역사를 갖고 있었다(물론 여기서 방점은 '생각보다'에 찍힌다. 종이책과는 비교할 수 없을 만큼 짧다). 나름의 역사를 갖고 발전하고 있었지만 유의미한 반향을 일으키지 못했던 전자책 시장은 2010년 아이패드^{iPad}의 등장으로 크게 뒤바뀌게 된다. 기존의 컴퓨터나 데이터의 이동 정도로만 구현할 수 있다고 생각했던 전자책이 손안으로 들어온 책이라는 개념으로 바뀌게 된 것이다.

전자책을 이용하는 방법은 간단하다. 구입 또는 구독을 하고 다운로드를 받는다. 그게 어떤 기기이든 상관없다. 하지만 전자책이라는 이름에 걸맞게 어떤 기계라도 기계를 거쳐야 볼 수 있다. 그것은 핸드폰일 수도 있고, 태블릿 PC일 수도 있고, 전자책 리더기일 수도 있다. 이것도 여럿을 비교·분석해보고 사용해야 나에게 맞는 전자책 독서 루틴을 찾을 수 있다. 그동안 전자책에 익숙하지 않아서, 또는 불편해서 접하기 꺼렸다면 이

2022년 서울국제도서전 기획 전시로 선보인 전자책 코너 중 하나. 전자책이 지금의 형태를 갖추기까지 여러 시도가 있었다는 것을 잘 보여주는 그림이다.

루틴을 찾는 것에 실패했기 때문일 수 있다.

전자책은 크게 '가변적인' 전자책(EPUB형)과 '불변적인' 전자책(PDF형) 두 가지로 나뉜다. 가끔 앱북*과 같은 형태도 있지만 주로 쓰이는 것은 이 두 가지이다. 텍스트가 많은 경우는 가변적인 전자책이, 잡지처럼 이미지가 많거나 복잡한 경우는 불변적인 전자책이 많다.

텍스트가 많은 전자책은 파일의 무게가 무겁지 않아야 하고, 긴 시간 독서를 해야 하기 때문에 독자의 취향과 독서 스타일에 맞게 커스터마이징이 가능하도록 (기계 안의 한계는 차치하고라도) 최대한 변화가 가능하게 해준다. 그렇기에 소설이나 인문 분야의 책에서 가변적인 전자책을 많이 볼 수 있다.

이미지가 많거나 본문이 다소 복잡한 책은 가변적인

---

* Appbook, '애플리케이션'과 '북'을 합친 용어로, 스마트폰 앱처럼 다양한 기능을 갖춘 책을 뜻한다. 2010년 앱북 개발사가 기존의 디지털 콘텐츠, 전자책과 구분하기 위해 이 단어를 쓰기 시작했다. 앱처럼 자유로운 인터페이스와 많은 기능을 쓸 수 있지만 제작비가 많이 들고 피드백이 빠른 앱스토어에서는 경쟁력이 떨어져 현재는 주춤하고 있는 상태로, 전자책 시장은 EPUB와 PDF 형식이 주를 이루게 됐다.(2022년 기준)

전자책으로 만들고 싶어도 만들 수 없는 경우가 많다. 일단 파일 안에 정보가 많아 파일 크기가 무겁고, 이를 구현할 기기도 한정적이기 때문이다. 설령 이런 것들을 감안하고 가변적인 전자책을 만든다 해도 e-ink*, e-paper** 를 사용하는 전자책 기기에서는 구현이 어렵다.

그러므로 이 경우에는 기존의 종이책을 PDF화해 그대로 보여주는 방식을 택한다. 태블릿 PC를 이용하면 확대·축소도 가능해 앞서 말한 단점들을 보완할 수 있고 이미지 손실도 줄여줘 원본에 가까운 이미지를 볼 수 있다. 이를 제작하는 출판사 및 제작 업체에서도 종이책을 그대로 변환만 시키면 되니 물리적으로 큰 부담이 없다. 텍스트가 많은 원고에서는 정반대로 단점이 되어 거의 채택하지 않는 방법이기도 하다.

불변적인 전자책은 본문이 이미지로 처리되어 각 페

---

* 전자잉크. 활자가 종이 위에 인쇄된 것과 흡사하게 보이지만, 일반적인 잉크와는 다르게 전자잉크로 제작된 글은 영구적이지 않다.
** 화소가 빛나도록 백라이트를 사용하는 전통적인 평판 디스플레이와 달리, 일반적인 종이처럼 반사광을 사용한다. 그래서 화면이 변경된 이후에 글자와 그림을 전기 소모 없이 디스플레이할 수 있지만 일반 평판 디스플레이와 똑같기는 어렵다. 전자책 디스플레이의 표현 범위 안에서 재현되기 때문이다.

이지가 하나의 덩어리가 되므로 한번 제작하면 변경이 어렵지만, 가변적인 전자책은 늘 변화할 수 있도록 설정을 잡아줘야 한다. 가변적인 전자책에서 좋은 점은 각주, 미주, 참고문헌으로 빠른 이동이 가능하다는 것이다. 종이책이라면 적어도 몇 번의 손길을 거쳐야 하지만 전자책에서는 한 번의 클릭으로 가능하다.

각 서점 및 유통사가 같은 전자책 파일을 쓰는 것도 아니다. 포토샵에서 jpg, png, eps가 같게 보여도 다 다른 파일이듯이(심지어 jpg와 jpeg도 다르지 않은가*), 각 유통사가 원하는 형식으로 바꿔서 보내줘야 한다. 한 권의 책을 다른 형식의 파일로 여러 개 갖고 있어야 해서 관리가 쉽지 않다. 제작하는 출판사 입장에서는 전자책을 관리하기 어렵다는 단점이 있지만, 독자들에게는 책을 읽

---

* jpg와 jpeg는 사실상 같은 파일이다. jpeg가 먼저 사용되다가 윈도우 이전 DOS 운영체제에서 확장자명을 기존 네 자리에서 세 자리로 바꿀 것을 권고한 것을 계기로 지금의 jpg 확장자를 많이 쓰게 됐다. 하지만 일부 프로그램에서는 jpeg를 기본값으로 설정하기도 하기 때문에 여전히 많이 쓰이고 있다. 거의 같다고 말할 수 있을 정도로 유사하지만 프로그램 및 컴퓨터에 따라 다른 정보로 받아들일 수 있으므로 충분히 인지하고 사용하기를 권한다.

는 데 하나의 선택지가 더 생기게 된 듯하다.

코로나 시대가 도래하면서 많은 기관이 문을 닫았었다. 그런데 이 시대를 거치면서 활성화된 것이 있으니 바로 전자책 도서관이다. 주로 기존 도서관에서 전자책 대여 서비스를 제공하는 방식인데, 기존에도 제공되던 서비스였지만 활발히 진행되지 않다가 이 시대를 지나면서 진화·발전한 모습을 보인다. 기존의 시스템 자체에 큰 변화가 있는 것은 아니나 독자들의 인식 개선과 니즈가 맞아떨어졌고 이에 도서관들도 반응한 것으로 보인다.

서울시 기준으로 말하자면, 서울의 도서관들은 각 도서관마다 서점과 연계된 앱, 또는 자체 앱을 가지고 있다. 전자책이라고 해서 무한 대여, 무한 전송이 가능한 것은 아니고, 종이 '책'과 똑같이 대여와 반납의 절차가 있다. 그래서 인기 있는 책의 경우 순번을 기다려야 하는 것도 일반 종이책 대여와 같다. 다른 점이 있다면 자동 반납이 되어 연체하지 않을 수 있다는 것이고, 이게 장점이라면 장점이다.

정회원이어야 대출이 가능하고 각 도서관마다 정회원의 기준이 다르지만, 그 과정만 거치면 전자책을 자유롭게 이용할 수 있다. 추가 비용을 내지 않고도 말이다.

서울시민카드 앱을 이용하면 더 간편하게 회원가입이 가능하고, 방문 없이 서울 거주 확인만을 통해 모바일로 즉시 대출이 가능하다(종이책조차도 말이다!).

전자책 읽기에 도전해보고 싶지만 구독 요금에 망설여진다면 이렇게 도서관을 이용해보자. 내가 어디에 있든 내 손안에 기기만 있다면 그곳이 도서관이 된다. 혹여 코로나가 아닌 다른 어떤 문제가 생겨 도서관이 다시 문을 닫게 되더라도 전자도서관은 그 자리에서 불을 밝히고 있을 것이다. 우리는 언제든 노크만 하고 들어가면 된다.

— 2022년 3월 14일을 기준으로 쓴 글이며, 각 도서관마다 정보가 다를 수 있음을 미리 알린다.

전자책 구매목록이
업데이트되었습니다

'구매목록이 업데이트되었습니다.'

A사 서점 eBook 앱을 켜면 늘 뜨는 문구가 되었다.

구매목록 273개. 고로 273권을 샀다는 말이다. 종이책을 안 산 것도 아닌데 이렇게 사버렸다. 전자책에 대해선 출판계 종사자들 사이에서도 호불호가 있다. 종이책만이 가진 아날로그적 특성—예를 들면 그 어떤 기술도 필요 없이 오감을 동원해 읽을 수 있다는 장점—은 누구도 무시할 수 없는, 책만이 가진 특장점이다. 그런데 종이책은 아무래도 무겁다. '1권을 읽다가 갑자기 2권이 읽고 싶어지면 어떻게 하지?' '지금 읽고 있는 책에서 언급된 책을 당장 보고 싶은데 배송을 기다려야 하나?' 이런 고민을 전자책이 깨끗하게 싹 해결해준다. 권

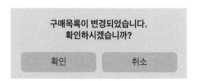

구매목록이 변경되었습니다.
확인하시겠습니까?

| 확인 | 취소 |

전자책을 보려면 주요 서점에서 배포하는 앱을 써야 하고, 구매가 완료되면 위와 같이 목록이 변경됐다는 알림이 뜬다. 이 외에 제작 업체에서 업데이트의 필요를 느끼고 수정한 전자책을 재배포할 때도 알림이 뜬다.

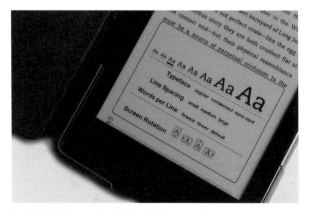

뷰어 설정을 자유롭게 바꿀 수 있는 전자책. 폰트, 자간, 읽는 방향 등 자신의 취향에 맞춰 스타일을 바꿀 수 있고, 원본 그대로도 읽을 수 있다.

수의 제한도 배송을 기다릴 필요도 없다. 그저 다운받고 책과 똑같이 넘기기만 하면 될 뿐이다. 나에게 전자책 앱은 걸어다니는 개인 도서관이고 놀이터다. 나는 크레마 카르타G와 아이패드 미니를 전자책의 형식에 따라 다르게 사용하고 있다.

나는 가변적인 EPUB 형태의 전자책을 좋아하는데, 내가 디자인하지 않은 책이라도 내 취향에 맞게 변형하고 설정할 수 있다는 게 매력적이기 때문이다. 그동안 책은 내가 만든 책이 아니고서야 변형이 불가능했다. 담당 디자이너가 정해놓은 기존의 폰트, 여백, 공간, 이미지를 있는 그대로 모두 받아들여야 했다. 하지만 전자책은 그런 경험을 전복하게 만든다.

그래서 나는 가변적인 EPUB 형태의 전자책은 크레마 같은 전자책 전용 기기를 사용하고 불변적인 PDF형 전자책은 아이패드를 이용한다. 가능하면 아이패드도 미니를 이용한다. 크레마도 아이패드 미니도 책에 가장 가까운 크기여서(아이패드 미니 5는 7.9인치, 크레마 카르타G는 6인치이다) 실물 책을 보는 느낌을 주기 때문이다.

혹자는 전자책이 성공하려면 기존의 책과는 전혀 다

른 느낌, 다른 경험을 주어야 한다고 말한다. 그런데 나는 생각이 좀 다르다. 전자책도 책의 한 영역이다. 독서 경험을 확장시킨다면 그것이 책이 아니고 무엇이겠는가. 형식은 빌릴 뿐. 책은 들을 수도 볼 수도 만질 수도 있다. 좋은 책은 여러 형식으로 내보내야 더 많은 독자에게 다가갈 수 있다. 각자 그중에서 자신에게 맞는 것을 취하면 될 뿐이다.

지난해, 난 한 작가의 책을 네 권 샀다. 같은 책을 말이다. 처음에는 전자책, 그다음엔 종이책, 그다음엔 일할 때 들으려고 오디오북, 그다음에 리커버 굿즈 에디션으로. 물론 두 권이 돼버린 종이책은 나눔을 했다. 한 독자 안에서도 이처럼 독서 경험이 확장될 수 있는데 전자책을 마다할 이유가 있겠는가.

❝

'리사이징'이라는
티 안 나게 많은 일

❞

리사이징resizing, 한마디로 다른 사이즈로 변환시킨다는 뜻이다. 이 리사이징이 책을 만들 때도 일어난다. 자체적으로 문고판 혹은 큰글자판을 만드는 경우나 납품을 할 때 진행한다.

책은 작게 만들되 글씨는 작아지면 안 될 때도 있고, 반대로 책은 크게 만드는데 글씨가 너무 커져도 안 될 때가 있다. 그래서 일률적인 확대·축소를 적용할 수 없는 것이다. 다행히 인디자인에서 리사이징 자체는 크게 어렵지 않다. 하지만 위에 언급한 것과 같이 세부적으로 변화가 일어나기 때문에 꼭 사람 손으로 작업하는 과정이 추가로 필요하다.

리사이징이 정해지면 일단 샘플로 몇 페이지를 뽑아서 최대한 그대로 살릴 수 있는 부분을 맞춰나간다. 여백을 줄이면서 좌우를 조정하고 행간, 자간을 조금씩 조절하면 본문 크기를 너무 작게 줄이지도, 크게 키우지도 않으면서 그 균형을 그대로 가져갈 수 있다. 이렇게 샘플로 변형될 요소들을 테스트해본 후 리사이징한 본문에 조금씩 손을 대면 큰 힘을 들이지 않고 새로운 버전의 책을 만들 수 있다. 그러나 무조건 100퍼센트 똑같이 만들라고 하면 이야기가 달라진다. 한 대형 납품처와의 작업이 그랬다. 기존의 판형보다 작되, 글씨는 많이 작아지면 안 되고, 글씨의 위치 등도 달라지면 안 됐다. 고로 '외관은 똑같이 만들되, 판형은 작아야 하고 글씨는 잘 보여야 해'가 포인트였다.

위에서 말한 리사이징으로는 도저히 똑같이 만들 수 없었다. 할 수 없이 인디자인에서 한 페이지씩 PDF를 내보냈다. 300페이지의 책이라면 300개의 PDF 파일이 생기는 것이었다. 작아진 판형에 보기 좋게 비율을 재조정하고 인형에 눈 붙이듯 PDF를 하나씩 가져와서 조정했다.

그리 어려운 일은 아니었지만 귀찮다고 생각하면 귀찮은 일이었다. 하지만 납품은 반품 없이 제작한 책을 모두 가져가기 때문에 회사로서도 거절할 수 없는 제안이다. 한 땀 한 땀 PDF를 붙이며 확인하고 몇 번의 프린트를 거쳐 또 새로운 버전의 판형이 나왔다. 나는 한 권의 책을 이런 식으로 서너 개의 판형으로 만들기도 했다. 같은 책이지만 다른 듯 닮았다. 이렇게 쓰임에 따라 책은 여러 모양으로 변형됐다. 좋은 책이라면, 쓰임이 있다면, 이렇게 다양하게 변형될 수 있다. 비록 그 과정이 번거롭더라도, 알아주는 사람이 없더라도 누군가의 손에 닿을 그 모습을 생각하며 오늘도 나는 페이지 따붙이기를 한다.

"

출판사 밖에서도
동료애는 움튼다

"

'내적 친밀감'이라는 유행어가 있다. 실제로 앞에서 만나면 안 친하고 서먹하지만 마음속으로는 이미 혼자 친한 느낌이라는 뜻이란다. 문장에 따라 반은 농담으로 반은 진담으로 쓰이기도 하는 단어이다.

실제로 출판계는 '내적 친밀감'의 바다다. 건너 건너 아는 사람, ~카더라 하는 사람, 소개받은 사람, 지업사, 북스타그램이나 업무용 SNS를 통해 아는 사람 등등 여러 내적 친밀감의 파도를 탈 수 있다. 더군다나 한 곳에서 10년이나 일하다보니 뜻하지 않게 내적 친밀감을 쌓은 관계들이 있는데, 각종 거래처들이 그렇다. 실제로 만난 적은 드물지만 목소리만 들어도 '아~ A 인쇄소 기장님, B 인쇄소 출력실의 담당자님, C 제본소의 과장님' 하게 된다.

몇 년 전, 생각했던 출산 예정일보다 일찍 출산휴가를 가게 되어 거래처에 미리 인사 전화를 돌리게 되었다. 딱히 하지 않아도 될 일이었지만 왠지 그렇게 인사를 하는 게 좋을 것 같았다.

나: 제가 사정이 생겨 월요일부터는 다른 분이 잠시 일을 맡아주실 거예요.
거래처: 아~ 그럼 그만두시⋯⋯는 건가요?
나: 아뇨. 아기 낳으러 가요.
거래처: 아! 그렇군요! 순산하세요!

전화를 끊고 나니, 회사를 영 떠나는 것도 아닌데 묘한 기분이 들었다. '모두 잠시지만~ 안녕히 계세요~' 인사를 하고 출산휴가를 갔다. 4개월의 출산휴가라는 여정에 새롭게 한 발을 뗀 것이다. 그렇게 아이를 낳고 회사에 '무사 순산' 문자를 날린 뒤, 많이들 그러듯 메신저 프로필 사진을 아이로 바꾸고 설렘과 흥분의 한가운데에 있던 중이었다. 그러다 한 통의 메시지를 받았다.

💬 ○○○님이 아기 손수건 세트를 선물하셨습니다.

'???'

거래처 출력실 과장님이셨다. 서로 개인적으로 연락한 적은 단 한 번도 없었고, 연락처를 갖고 있었던 것도 아주 급할 때만 절절히 부탁하기 위해서(예를 들면 '마감이 늦어져서 한 시간만, 아니 30분만 더 대기해주세요' 등의 부탁을 하기 위해서)였다.

나: 이거 저한테 보내주신 것 맞나요?

거래처: 네! 아기 키우다보면 수건이 정말 많이 들어요. 아기 크는 거 금방이에요. 지금 눈에 많이 담아두세요. 나중에는 기억이 안 나요.

나: 정말 감사합니다.

마감을 할 때면 '30분만 더' '한 페이지만 더' '한 글자만 더' '이번에는 진짜 최종입니다!'와 같은 거짓말 아닌 거짓말을 해야 할 때가 있다. 어떨 때는 너무 송구해서 '당장 나오는 수정 페이지만 미리 서버에 올려놓고 한꺼번에 전화해야지' 하고 전화기를 들려는 순간, 이미 검판에 반영되어 올라오기도 한다. 단 한 번도 만난 적 없지만, 전화를 하면 그 어떤 요청에도 "아~ 예~ 알겠습니다~" 또는 "그 부분은 제가 알아서 수정할게요"라고 말하시는, 그래서 부탁하는 나의 맘도 불편치 않게 해주시는 배려에 늘 감동한다. 그럼 나는 유실된 파일이나 참고할 파일을 올려야 할 때 "아~ 그럴까봐 제가 이 파일도 같이 올렸는데 참고하세요~"와 같이 응수한다.

니맴내맴 다르지 않다. 같은 회사 동료도 아닌데 손발이 척척. 한 회사 안에만 동료애가 있는 것이 아니다. 다른 회사에서도 우리는 '책'이라는 하나의 목표를 향해 오늘도 내적 친밀감이라는 파도를 타고 있다.

디자이너에게 하는 당부
─'최종'이라는 말을 함부로 쓰지 말자

그날은 엄청 슬픈 새벽이었다. 세 살이 다 되도록 크게 아픈 적 없던 아이가 새벽에 갑자기 코피를 폭풍처럼 쏟았다. 코피를 쏟다못해 스스로 엄마를 깨운 아이가 가엾어서 잠 못 드는 새벽. 아이는 다시 잠이 들고 생각이 많아졌다. 이제 나이 마흔이 되는 내 인생이 필름처럼 휘리릭 지나갔다. 나는 어떤 인생을 살았고, 어떤 책을 만들었던가. 자신 있게 내 인생을 말할 수 있을까. 오만 가지 생각을 하다 이 책의 차례를 만들었다. 그래서 나 자신을 돌아보는 의미에서 한 글자씩 적어내려가기 시작했다.

어두울 것 같았지만 생각보다 어둡지 않았고 즐거웠다. 내 인생은 그렇게 즐거운 인생이었던 것이다. 끊임없는 자기부정과 자기혐오의 한가운데서 그래도 책을 만드는 것은 즐거운 일이었다. 오늘의 결과가 나의 모든 것인 것 같고 나의 책임인 것 같을 때도 있었다. 하지만 그 모든 것이 다 '나'때문인 것은 아니다. '너'때문인 것도 아니다. '내' 덕분일 때도 있었지만 '네' 덕분일 때도 있었다. 모든 것은 지지고 볶으나 동료들과 함께였다.

스타 디자이너를 꿈꾸던 때도 있었다. 그러나 그렇게 되진 못한 것 같다. 하지만 눈앞의 하루를 성실히 살았고 책을 만드는 데 최대한 도움이 되고 싶었다. 누군가는 책을 받고 환하게 웃었지만, 누군가는 '별로'라는 한마디의 코멘트만 남길 뿐이었다.

디자이너들이 책을 마감할 때 파일명에 쓰는 말이 있다.

'제목-최종.pdf'

디자이너들이여, 이 책의 '최종'은 지금 이 순간일 수 있지만 이 책의 운명은 몇 번의 개정판 출간으로 생명을 이어갈 수도 있다. 그 개정판을 내가 디자인할 수도, 다른 이가 디자인할 수도 있다. 혹은 1판 1쇄가 정말 '최종'이 되어버릴 수도 있다. 하지만 이것만은 기억하자. 나는 최선을 다했고, 최선을 다했다면 나도 책도 진심으로 누군가에게 닿기를 바라자. 그러니 좌절하지 말고 성실히 오늘을 살자. 그리하면 또 언젠가는 좋은 책을 만들어 누군가에게 닿을지도 모를 일이다. 그러면 너무 보람찬 인생 아닌가. 나도 그런 보람찬 '하루'를 쌓아 보람찬 '인생'이라는 '책'을 최종으로 마감하길 바란다.

*

책을 내기로 결심하고 계약서에 사인까지 했음에도, 이게 정말 맞는 일인가 고민할 때가 있었다. 그때 아이가 책을 읽어달라고 한 권 가져왔는데 그 책은 바로 『슈퍼 거북』이었다. 의도치 않게 '슈퍼 거북'이 된 '거북'은 주변의 기대에 진짜 '슈퍼 거북'이 되지만 그것에 깊은 회의감을 느끼고, 다시 한 토끼와의 경주를 통해 자신답게 살아가는 게 뭔지 깨닫고 어떤 삶을 살아갈지 스스로 택한다. '슈퍼 거북'도 그냥 '거북'도 모두 같은 동물(사람)이겠지만 그 모두를 받아들이고 잘 살아간다. 내가 고민했던 것은 '정답이 아닐지 몰라' 하는 괜한 걱정이었던 것 같다. 정답은 없고, 여러 길 중에 내가 서 있는 곳에서 나의 목소리를 내보고 싶었는데, 그걸 까먹고 있었다. 이렇게 동화책 한 권에서 다시 한번 깨달음을 얻고 두렵지만 한 걸음을 내디딜 수 있었다. 두려운 마음이 들 때, 내면의 목소리조차 나를 외면하는 순간이 올 때, 그때 책을 읽어보자. 그 길을 책 만드는 이들이 모두 응원하고 있을 것이다.

감사한 분들이 너무 많아 지면을 따로 내어 한 분씩 언급하고 싶지만, 그러다가 이 책보다 더 두꺼운 책 한 권이 나올 것 같아 간단히 말한다. 내 인생의 모든 순간에 있었던 인연들에게 감사하고 사랑한다는 말을 전하고 싶다. 좋은 순간도 때론 힘든 순간도 있었지만 그 또한 나의 모든 것이었다고, 그래서 나를 사랑하게 됐다고. 모두에게 감사드린다.

디자이너로서 글을 쓰고 이 책의 교정지를 처음 받았을 때를 앞으로도 잊지 못할 것 같다. 함께해주신 문학동네 미술팀에도 깊은 감사의 말을 전하고 싶다. 투고 원고라는 바다에서 나의 글을 끌어올려주신 교유당 관계자분들께도 깊은 감사를 전한다. 여러분이 나의 새로운 동료이다.

그리고 가족들 모두 감사하다.

마지막으로 It's YOU! 이 책을 선택하고 끝까지 읽어 주신 당신에게도 감사드린다.

마감^{end}과 새로운 시작^{and}이 오가는 이곳, 이 자리에서
오늘도 책을 만듭니다!

2022. 4. 1.

다음은 내가 디자인을 하면서 도움을 받은 책들이다. 책을 읽는다는 게 지금 당장은 도움이 안 될 것 같아도, 끝내 읽어내면 그것이 침잠되어 있다가 언제가 필요할 때 떠오른다는 게 내 평소 생각이다. 어쩌면 경험보다 더 큰 자산은 없는 것 같기에 책을 읽으며 간접 경험이라도 많이 하려고 노력한다.

찾아보기 쉽게 딱 10권만 추리려고 했지만 대략 60권 이상이 나와서 실패했고, 또다시 추렸지만 이 이상은 더 줄일 수 없어 딱 반으로 잘라 약 30여 권 정도만 작은 카테고리로 담아 정리했다.

가장 기본적인 책

1. 『편집 디자인』
   잰 화이트 지음, 안상수·정병규 옮김, 안그라픽스
   모든 책을 안 봐도 이 책만은 봐야 한다! 북디자인의
   교과서라고 할 수 있는 책이다. 이 책에 북디자인의
   정수가 들어 있다.

2. 디자인하우스 대화 시리즈
   알렉세이 브로도비치, 솔 바스 외 10인
   앞서도 언급했듯이, 디자인을 꼭 디자인책을 통해서
   만 배우란 법은 없다. 다양한 분야의 디자이너 및 창
   작자들에게서 영감을 얻을 수 있는 시리즈이다. 특히
   알렉세이 브로도비치와 솔 바스를 추천한다.

3. 『북 디자인 교과서』
   앤드류 해슬램 지음, 송성재 옮김, 안그라픽스
   '교과서'라고 이름 붙인 데는 다 이유가 있다. 종이로
   묶어 만든 모든 것을 책으로 여기고 기록했다. 확장
   된 '책'의 개념을 생각해볼 수 있는 좋은 기회를 제공
   한다.

4. 『북디자인 101』
   알베르트 카퍼 지음, 김수정 옮김, 정제소
   용어가 다소 어렵지만 간편한 판형에 정돈된 이미지
   로 직관적으로 이해할 수 있다.

5. 『비넬리의 디자인 원칙』
마시모 비넬리 지음, 박효신 옮김, 안그라픽스

『폴 랜드의 디자인 생각』
폴 랜드 지음, 박효신 옮김, 안그라픽스
디자인이 막힐 때 손쉽게 찾아볼 수 있는 소小사전 격의
책들.

6. 『열린책들 편집 매뉴얼』
열린책들 편집부 지음, 열린책들
레전드!

시리즈 전집 디자인에 참고할 만한 책

7. 『펭귄 북디자인 1935-2005』
필 베인스 지음, 김형진 옮김, 북노마드

『퍼핀 북디자인』
필 베인스 지음, 신혜정 옮김, 북노마드

『전집 디자인』
최성일 지음, 정재완 글, 북노마드
전집은 큰 흐름을 가지고 펴내는 것이기에 책임감이
크고, 처음 설정을 함부로 바꿀 수 없다는 점에서 긴
안목이 필요하다. 펭귄북스와 퍼핀북스는 그래서 좋

은 사례가 된다. 한국의 사례에는 『전집 디자인』이 유용하게 적용될 수 있겠다.

창작자에게 용기를 주는 책

8. 『겁내지 않고 그림 그리는 법』
이연 지음, 미술문화

창작하는 이의 심연을 이렇게 덤덤하게 그리면서 용기를 주는 책이 있을까.

본문 조판에 도움을 주는 책

9. 『찾아보는 본문 조판 참고서』
심우진 지음, 물고기

본문 조판의 원리와 실제 사례들을 모두 다룬 책이다.

10. 『마이크로 타이포그래피』
요스트 호훌리 지음, 김형진 옮김, 워크룸프레스

작은 것(한 글자)부터 다룰 줄 알아야 큰 것, 많은 것(책 한 권에 들어 있을 수도 있는 21만 자)도 다룰 수 있다.

11. 『좋은 문서디자인 기본 원리 29』

김은영 지음, 안그라픽스

디자인을 배우지 않은 사람도 보고 이해할 수 있도록 쉽게 접근했다. 그 말인즉슨 디자인을 배우지 않은 사람도 할 수 있고, 이해할 수 있는 디자인을 해야 한다는 것. 기본에 대해 말하고 그것에 대해 생각하게 한다.

편집자와 대화할 때 필요한 책

12. 『권외편집자』

츠즈키 쿄이치 지음, 김혜원 옮김, 컴인

유유 땅콩문고 편집자 공부책 시리즈

『편집자를 위한 북디자인』

정민영 지음, 아트북스

『되살리기의 예술』

다이애나 애실 지음, 이은선 옮김, 아를

『편집가가 하는 일』

피터 지나 엮음, 열린책들

『출판편집자가 말하는 편집자』

정은숙 지음, 부키

편집자와 디자이너는 가끔 같은 말을 한다고 생각하면서 다른 말을 한다. 그 격차를 조금이라도 줄여줄 수 있는 책들이다. 『권외편집자』는 일본 책이지만 국내 편집자가 읽어도 한국과 다른 환경이 새롭게 느껴질 것이고, 디자이너의 경험으로 끌고 올 부분도 있다고 생각한다. 특히 전자책에 대한 열린 생각은 나 또한 전자책을 읽는 계기를 만들어주었다. 『편집가가 하는 일』은 역시 남의 일을 보는 게 얼마나 재밌는지 한 걸음 떨어져서 편집자를 보게 만들어준다. 편집자도 디자이너의 일을 볼 때 이런 기분이 들까 하는 생각도 들게 한다. 2009년에 나온 『출판편집자가 말하는 편집자』는 시간이 많이 흘러 고루하지 않을까 하는 생각이 들었었지만, 의외로 여러 분야 편집자들의 고군분투를 지금도 생생히 볼 수 있어서 좋았다. 시간이 흘러도 유효한 부분이 많았고 지금은 베테랑이 됐을 편집자들의 꼬꼬마 시절도 볼 수 있으며, 그 시절의 편집 분위기도 느낄 수 있어 그립고도 새로운 느낌을 받았다.

독자의 입장이 되어 읽어보는 책

13. 『당신이 읽는 동안』
헤라르트 윙어르 지음, 최문경 옮김, 워크룸프레스

14. 『독서의 기쁨』

김겨울 지음, 초록비책공방

독자의 입장에서 책에 대한 묘사를 이렇게 아름답게 할 수 있다는 것을 배웠다. 작업하다 좌절할 때가 오면 이 책의 1장을 읽으며 누군가가 완성된 책을 들고 있는 모습을 상상하고 마음을 다시 다잡을 수 있었다.

15. 『책이라는 선물』

가사이 루미코 외 9명 지음, 김단비 옮김, 유유

정확히 말하면 독자의 입장보다는 책을 만드는 과정에 있는 거의 모든 업종의 사람들에 대한 이야기이다. 책을 나 혼자만 만드는 것 같은 자만심 또는 자괴감에 사로잡혀 있을 때 읽으면 힘이 된다.

책의 역사를 알고 싶을 때 읽는 책

16. 『책이었고 책이며 책이 될 무엇에 관한, 책』

애머런스 보서크 지음, 노승영 옮김, 마티

책의 역사를 다룬 책들은 많지만 전자책까지 포함한 책은 드물었는데 가볍게나마 전자책의 역사를 언급했다는 면에서 새롭다.

17. 『세상에서 가장 아름다운 책』
크리스토퍼 드 하멜 지음, 이종인 옮김, 21세기북스

『그래픽디자인 도서관』
제이슨 고드프리 지음, 김현경 옮김, 안그라픽스

『한국 북디자인 100년』
박대현 지음, 21세기북스
이 세 권의 책은 그림만 봐도 도움이 된다.

디자이너를 이해하고 싶을 때 읽는 책

18. 『커버』
피터 멘델선드 지음, 박찬원 옮김, 아트북스

19. 『기억과 기록 사이』
이창재 지음, 돌베개
디자이너가 스스로 책을 만드는 과정을 오픈하기가 쉽지 않다. 일단은 영업 비밀일 수도 있고, 디자이너 스스로 그 경험을 언어화하기도 쉽지 않기 때문이다. 그런 의미에서 디자이너들이 어떤 생각과 고민의 결과로 디자인을 만들어내는지, 특히 표지에 대해 어떻게 고민하고 끝내 결과물을 만들어내는지 언어로 잘 표현했다.

직업인으로서의 자신을 돌아보게 하는 책

20. 『직업으로서의 소설가』
무라카미 하루키 지음, 양윤옥 옮김, 현대문학

『영화를 찍으며 생각한 것』
고레에다 히로카즈 지음, 이지수 옮김, 바다출판사

『궁극의 문구』
다카바타케 마사유키 지음, 김보화 옮김, 벤치워머스

어쩌다 모두 일본 작가들을, 그것도 각각 다른 일을 하는 작가들의 책을 고르게 됐는데, 당연하게도 그들의 작업 스타일은 다 다르다. 하지만 일을 대하는 태도의 색깔이 다를지언정 각자의 진심이 묻어 있다. 매일 들고 다니는 펜 하나, 문구류 하나에도 이렇게 많은 과학과 정성이 들어간다는 점이 굉장한 감동을 준다. 또 무라카미 하루키의 작업 스타일과 하루 루틴은 너무 유명하지만 (무려 무라카미 하루키인 것에도 스스로 괘념치 않고) 그걸 성실히 해내는 한 인간의 담담한 고백이 지금의 나를 반성하게 한다. '무라카미 하루키도 저렇게 열심히 하는데, 나도 열심히 해야지'라고.

출판인이 되고 싶은 이들에게 읽어보라고 하고 싶은 책

21. 『중쇄 미정』
가와사키 쇼헤이 지음, 김연한 옮김, 그리조아

다큐가 아닐까 생각했다. 누군가 출판계로 오고 싶다고 말하면 출판계 사람들은 다들 손을 내저으며 "오지 마!"라고 농담 반 진담 반의 말을 자주 한다. 하는 일이 나빠서가 아니고, 사람들이 나빠서도 아니고, 책을 만드는 일이라는 게 너무 고단하고 지난하기 때문이다. 더군다나 박봉이다. 보람이 있지만 보람만 있지는 않다. 이 책은 그 과정을 아주 짧지만 현실적으로 잘 보여주고 있다.

본문

☐ 판권면 정보에 오타는 없는가?

☐ 영문 판권이 제대로 들어갔는가?

　-가끔 임시로 다른 책의 판권을 넣었다가 그대로
　　나가는 경우도 있다.

☐ 차례의 내용과 페이지 번호가 본문과 일치하는
　가?

☐ 하시라가 제대로 들어갔는가? 변경되는 구간에
　서 제대로 변경되었는가?

☐ 이미지가 유실된 것은 없는가?

☐ 본문에 백면白面이 있다면 어디에 있는지 미리 체
　크해두었는가?

　-배열표(검판 보거나 인쇄 감리를 갈 때 활용한다)를
　　미리 써두면 검판 볼 때 유용하다.

□ PDF 변환 과정에서 깨지는 글자는 없는가?(폰트 유실)

　－본문 폰트 유실의 경우, 표지보다 글자가 많은 본문의 특성상 잘 드러나지 않을 수 있다. 하지만 본문의 완성도를 위해 미리 체크하는 것이 좋다.

□ 누락되거나 넘치는 글자 상자가 없는가?(원고 유실)

□ 이미지가 RGB 상태인 것은 없는가?

　－일괄 색상 변환을 하면 되지만 자신 없으면 미리 CMYK로 바꿔놓자.

□ '검정색(K)'을 '맞춰찍기'로 해놓은 건 아닌가?

　－일반적인 검정 글씨는 K100으로 해야 맞지만 색상 팔레트를 누를 때 실수로 그 밑에 있는 '맞춰찍기'를 누르면 4도 검정으로 바뀌어서 색도 달라지고 핀트도 안 맞게 된다. 인디자인에서 '용지' 색은 '흰색'이 아니다. '흰색'을 표현하고 싶다면 별도로 색상값을(Y3, K3 정도) 줘야 한다.

□ 별색이 있다면 제대로 별색 처리 되었는가? 별색 번호가 맞는가?

　－혹시 4도로 돼 있는 건 아닌지 체크하자.

양장본에서 많이 쓰는 헤드밴드와 가름끈. 많은 샘플이 있으므로 표지에 맞춰 조화롭게 선택하면 된다. 샘플 번호를 정확히 기록하여 제작 업체에 넘기는 것이 중요하다.

표지

☐ 글자의 아웃라인을 다 따서 보냈는가?

 -폰트 문제에 자신이 없다면 안전하게 아웃라인을 다 따서 보내자. 중쇄시 수정할 걸 대비해 레이어 처리를 해두는 것도 좋은 방법이다.

☐ 책등 사이즈를 맞게 쟀는가?

 -예를 들면, 100g 미모 종이로 계산해야 하는데 80g 미모로 계산하지 않았는지 확인해야 한다. 책등을 잡을 때는 사용할 종이와 같은 종이로 제작된 책을 찾아 직접 측정하거나, 계산식에 넣어서 계산한다. 책등 계산법은 여럿 있지

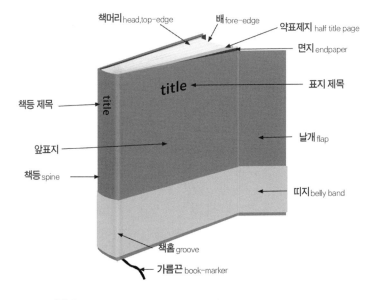

책머리 head,top-edge　배 fore-edge　약표제지 half title page

면지 endpaper

title　표지 제목

책등 제목　title

앞표지

날개 flap

책등 spine

띠지 belly band

책홈 groove

가름끈 book-marker

책의 구조

제목					
본문	판형 *	/ 본문 도수 *(별색 번호:)	/ 총 페이지		
표지	판형 *	/ 코팅	/ 후가공		
띠지	판형 *	/ 코팅			

자주 쓰는 목록은 이렇게 체크리스트를 미리 만들어 준비하면 사고를 막을 수 있다.

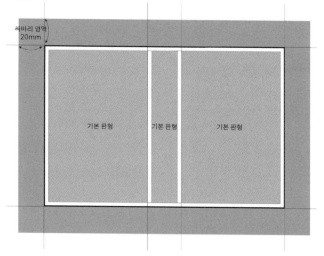

싸바리 계산법을 쉽게 설명하면 세로는 판형보다 약 6mm, 책등도 6mm, 가로는 안쪽에 말려 들어가는 것을 감안해 4~5mm 정도 크게 만들면 된다. 책을 감쌌을 때를 감안해 사방으로 약 20mm 정도의 표지를 연장해준다. 위의 그림에서는 하얀 부분이 모두 3mm라고 생각하면 이해하기 쉽다. 그런데 만약 책등의 두께가 40mm가 넘어가면 얘기가 달라진다. 위의 그림을 봤을 때는 일반적으로는 책등에 6mm 정도만 추가하면 되지만 40mm가 넘으면 책 페이지들이 아무래도 서로 잘 달라붙지 않아서 밀착력이 떨어진다. 그래서 상황에 따라서는 10mm를 추가해야 하는 경우도 있으니 가능하면 같은 종이로 만든 책으로 실측하는 것을 권한다. 인쇄 후에는 제본기에 일명 '태운다'고 하는데 제본할 때 긴 롤러 같은 레일에 태워서 제본하기 때문이다. 이것도 일정 페이지가 넘어가면 두 번 세 번 태워야 하는데 그러면 아무래도 시간이 더 걸리므로 감안해서 일정을 잡아야 한다. 제작 또한 제작 담당자에게만 맡길 게 아니라 디자이너가 이런 일정을 감안해가면서 진행을 따라가야 한다.

만 가장 간단한 계산 방법은 종이 두께(종이 이름 옆에 있는 숫자 말고 실제 종이 두께. 각 제지 업체에 문의)×페이지수/2이다(예: 미모 100g 300페이지의 책등은 113×300/2=약 16.9mm, 접지를 감안해 17mm로 진행한다).

☐ 바코드 측정 앱으로 ISBN을 찍어보았는가?

　-ISBN을 만들다가 숫자를 잘못 넣을 수도 있다. 바코드를 미리 찍어보면 해당 번호와 인식이 잘 되는지 정도를 확인할 수 있다. 또 ISBN에 색을 넣는 경우도 있는데, 이때 몇몇 색은 인식되지 않을 수도 있으니 가능하면 단색으로 적용해야 찍히지 않는 사태를 막을 수 있다. 'QR bot'이 간편하게 쓸 수 있는 앱 중 하나다.

☐ 본문, 표지, 띠지의 가로세로 사이즈를 확인했는가?

　-표지와 띠지의 경우 가로 사이즈가 동일해야 하나, 페이지가 많을 경우 띠지 책등에만 1~2mm 여유를 줄 수도 있다.

☐ 양장 제본의 경우도 사이즈를 확인했는가?

　-양장 싸바리와 겉싸개 사이즈를 확인해야 한

다. 양장인데 겉싸개 사이즈가 아닌 본문 사이즈 그대로 가는 불상사는 막아야 한다.

후가공

□ 표지와 후가공의 (필름) 핀트가 맞는가?

　-후가공 농도는 C, M, Y, K 중 다소 연한 색인 Y를 제외하면 어느 것으로 설정해도 문제없지만 무엇이든 100으로 설정해야 한다. 100이 아닌 경우에는 후가공이 흐릿하게 나오거나 적용이 잘 되지 않을 수 있다.

□ 박, 가름끈, 헤드밴드 등 재료가 들어가는 후가공의 경우, 번호를 확인해서 발주서를 기록했는가?

마감

□ 최종 발주서를 확인했는가?

　-제작 담당자에게만 맡기지 말고 한번 더 확인하자.

□ 검판 PDF에서 색 농도, 별색 지정 여부를 확인했는가? (분판 미리보기 기능에서 확인 가능)

□ 표지 jpg를 넘길 때 오타가 있는지 확인했는가?

　-만약 이때 오타가 있는 것을 발견한다면 표지만 다시 진행하면 되므로 최악의 상황을 막을 수 있다.

북디자이너가 이렇게 슈퍼맨이어야 하는지 몰랐다. 십 년 넘도록 북디자인을 한 경험은 재미있게, 다소 어렵고 생소한 전문지식은 당의정처럼 술술 넘어가게 하는 필력이 대단하다. 책 만드는 일에 숟가락 하나라도 올리고 있는 사람들에게 뼈와 살이 될 얘기들로 가득하다. 출판계 뒷이야기를 읽는 재미는 보너스. 원고만 덜렁 보낸 뒤, 책이 나오면 예쁘다, 별로다, 평가했던 지난날을 진지하게 반성했다.

_권남희(번역가·에세이스트)

여러 출판사를 거쳐 10년 넘게 한 출판사에서 디자이너로 근무한 저자는 거의 모든 경험과 노하우를 꾹꾹 눌러 담아 이 책을 썼다. '맞아, 우리는 본문도 조판하고 편집자의 마음을 미리 헤아려 디자인도 하고 출판사의 온갖 일을 하며 기쁨을 얻지.' 연신 고개를 끄덕이며 페이지를 넘겼다. 인하우스 북디자이너들이 마주하는 업무와 일상을 세세하게 풀어낸 책의 등장이 너무나 반갑다. 북디자이너가 어떻게 일하는지 궁금한 분들은 꼭 읽어보길. 더 많은 북디자이너들의 목소리가 세상 밖으로 나오길 바란다.

_김고딕(북디자이너·작가)

날마다, 북디자인
한자리에서 10년 동안 북디자이너로 일하는 법

ⓒ 김경민 2022

초판 1쇄 발행 2022년 7월 14일
초판 2쇄 발행 2022년 8월 16일

지은이 김경민

편집 정소리 이희연
디자인 윤종윤 이주영
마케팅 김선진 배희주
저작권 박지영 형소진 이영은 김하림
브랜딩 함유지 함근아 김희숙 안나연 박민재 박진희 정승민
제작 강신은 김동욱 임현식 | 제작처 천광인쇄사

펴낸곳 (주)교유당 | 펴낸이 신정민
출판등록 2019년 5월 24일 제406-2019-000052호

주소 10881 경기도 파주시 회동길 210
전화 031.955.8891(마케팅) | 031.955.2692(편집) | 031.955.8855(팩스)
전자우편 gyoyudang@munhak.com

인스타그램 @thinkgoods | 트위터 @thinkgoods | 페이스북 @thinkgoods

ISBN 979-11-92247-24-3 03810